Aus Freude am Lesen

btb

Buch

»Frauen sind anders«, postuliert Luciano De Crescenzo und macht sich auf vergnügliche Weise daran, die Unterschiede zwischen dem weiblichen und dem männlichen Geschlecht zu beschreiben. Er gießt aber kein Öl ins Feuer des Geschlechterkampfes, sondern lässt eine versöhnliche Stimme vernehmen. Im Einzelnen beschäftigt De Crescenzo sich mit dem Geheimnis weiblicher Schönheit, erklärt die Unterschiede im sexuellen Empfinden zwischen Mann und Frau, versucht zu ergründen, warum Frauen intensiver lieben als Männer, bricht eine Lanze für eine tolerante Haltung gegenüber Homosexuellen beiderlei Geschlechts und gleich danach für das älteste Gewerbe der Welt. Er legt dar, warum unflätiges Fluchen immer noch eine Männerdomäne ist, erklärt bedauernd, warum es bis heute noch keine große Philosophin gegeben hat und wirft einen Blick auf die Rolle der Frau in der Geschichte. Außerdem versucht er zu ergründen, warum mehr Frauen verführt und dann schmählich verlassen werden als Männer, indem er auf die Beispiele von berühmten tragischen Liebespaaren der klassischen Mythologie zurückgreift. De Crescenzo wäre aber nicht er selbst, würde er sich sklavisch an ein Konzept halten. So lässt er seinen Gedanken freien Lauf, schweift mal zu Problemen der modernen Kunst ab und mal zu Platons berühmtem Höhlengleichnis. Kurz und gut: ein De Crescenzo, wie wir ihn lieben!

Autor

Luciano De Crescenzo, geboren in Neapel, ist in seiner Heimat eine Institution. Was immer er auch schreibt, es wird ein Bestseller. Sein wohl bekanntestes Werk: »Also sprach Bellavista«.

Luciano De Crescenzo bei btb

Meine Traviata (72001), Lob des Zweifels (72069), Kinder des Olymp (72150), Als Männer noch Helden sein durften (72151), Von der Macht der Liebe (72152), Das Urteil des Paris (72153), Alles fließt, sagt Heraklit (72165), Die Kunst der Unordnung (72420), Als wäre es gestern gewesen (72465), Der Listenreiche (72634)

Luciano De Crescenzo

Und ewig lockt das Weib

Aus dem Italienischen
von Bruno Genzler

btb

Die Originalausgabe erschien 1999
unter dem Titel »Le donne sono diverse«
bei Arnoldo Mondadori Editore, Mailand.

Umwelthinweis:
Alle bedruckten Materialien dieses Taschenbuches
sind chlorfrei und umweltschonend.

btb Taschenbücher erscheinen im Goldmann Verlag,
einem Unternehmen der Verlagsgruppe Bertelsmann.

1. Auflage
Deutsche Erstausgabe Juni 2001
Copyright © der Originalausgabe 1999 by Arnoldo
Mondadori Editore S.p.A., Milano
Copyright © der deutschsprachigen Ausgabe 2001 by
Wilhelm Goldmann Verlag, München, in der Verlagsgruppe
Bertelsmann GmbH
Umschlaggestaltung: Design Team München
Umschlagmotiv: Botticelli
Satz: Uhl + Massopust, Aalen
BH · Herstellung: Augustin Wiesbeck
Made in Germany
ISBN 3-442-72680-8
www.btb-verlag.de

Inhalt

I Frauen sind anders 7

II Frauen sind schöner als Männer 12

III Der Sex 17

IV Die Liebe 23

V Lesbische Liebe 29

VI Prostitution 34

VII Gossenausdrücke 40

VIII Philosophinnen 49

IX Frauen in der Geschichte 55

Intermezzo

Verführt und verlassen 62

Ariadne und Theseus 65

Hero und Leander 74

Phaidra und Hippolytos 81

Laodameia und Protesilaos 87

Dido und Aeneas 94

Deianeira und Herakles 102

Achill und Briseïs 109

Medeia und Iason 114

Phyllis und Demophon 123

Sappho und Phaon 129

Helena und Paris 134

Hypsipyle und Iason 145

Penelope und Odysseus 151

Oinone und Paris 156

Hermione und Orest 162

Hypermestra und Lynkeus 167

Kanache und Makareus 172

Kydippe und Akontios 177

Schlussbemerkung 185

Literaturverzeichnis 187

I Frauen sind anders

Er hieß Peppino De Matteis und war mein Banknachbar in der vierten Volksschulklasse. Eines Tages nahm er mich zur Seite und verkündete mir die große Neuigkeit.

»Luciano«, sagte er, »weißt du was, Frauen sind anders. Die sind nicht wie wir.«

»Wie, anders?«

»Ja, die haben keinen Schniepel. Die haben einen Schlitz.«

»Einen Schlitz?«

»Ja, einen Schlitz. Meine Schwester Assuntina hat mir ihren gezeigt. Ich brauch's ihr nur zu sagen, dann darfst du ihn auch mal sehen.«

Und so erfuhr ich im zarten Alter von acht Jahren, was die Frau zur Frau macht. Mit den Jahren lernte ich jedoch, dass die *petite différence* nicht allein darin besteht. Es gibt noch weitere Unterschiede zwischen den Geschlechtern, und sogar noch wichtigere. So begriff ich zum Beispiel, dass Frauen in der Liebe mehr leiden als Männer, und zwar deshalb, weil sie ihre Beziehungen meist zu wichtig nehmen. Für uns Männer hingegen ist Macht das höchste Ziel, und um oben mitmischen zu können, sind wir zu jedem Opfer bereit, auch dazu zu leiden. Meines Wissens hat noch kein Staatsmann der Welt wegen einer Frau tatsächlich den Kopf verloren, und auch Bill Clinton sah in seinen

Geliebten eher willkommene Ablenkungen von der Arbeit denn menschliche Wesen, mit denen sich kommunizieren ließe.

Ähnlich sieht es bei den Intellektuellen aus. Ja, im Grunde sind sie die Allerschlimmsten. Angefangen bei Pythagoras, der einmal zu seinen Schülern sagte: »Das Gute schuf die Ordnung, das Licht und den Mann. Das Böse das Chaos, die Finsternis und die Frau«, bis hin zu Khomeini, der im Weib die direkte Ausgeburt des Satans sah, haben fast alle großen Männer der Geschichte schlecht über Frauen geredet. Und um zu verstehen, wie weit ihre Verachtung ging, wollen wir uns einmal genauer ansehen, wie zum Beispiel Sokrates und Einstein ihre lieben Gefährtinnen behandelt haben.

Sokrates

Es ist der letzte Tag im Leben des größten Philosophen aller Zeiten. In wenigen Stunden wird man ihm den Schirlingsbecher reichen. Umringt von seinen Schülern sitzt Sokrates in der Zelle. Es sind alle da: Apollodoros, Antisthenes, Aischine, Phaidon, Kriton mit seinem Sohn Kritobulos, Ktesippos und viele mehr. Nur Platon ist leider verhindert, er liegt mit Fieber im Bett. Sokrates spricht noch einmal über alles, was ihm wichtig ist, über Leben und Tod, Gut und Böse, Seele und Körper, als plötzlich seine Gattin Xanthippe, in Tränen aufgelöst, die Zelle betritt. Die arme Frau hat sich eine Sondergenehmigung für den Kerkerbesuch erkämpft, um sich von ihrem Mann zu verabschieden und ihn ein letztes Mal zu umarmen. Doch sie hat noch nicht den Mund aufgemacht, um vielleicht »O Sokrates, unschuldig überantwortet man dich dem Tod« zu sagen, da wendet sich der Philosoph schon ungeduldig an den Ker-

kermeister: »Tut mir einen Gefallen und schafft diese Frau hier raus. Wir haben noch so viel zu besprechen.«

Kurzum, Sokrates sah in seiner Xanthippe eine Art Dienstmagd, die sich um nichts anderes als den Haushalt und das leibliche Wohl des Gatten zu kümmern hatte. Alles was darüber hinausging, wurde als lästige Eigenmächtigkeit angesehen.

Einstein

Der große Physiker hatte eine Lebensgefährtin namens Mileva. Auf seine Art wird er sie schon geliebt haben, sonst hätte er sie wohl nicht um sich haben wollen. Aber gut behandelt hat er sie deswegen noch lange nicht. So fand man unter den zahlreichen Notizen auf seinem Schreibtisch auch einen Zettel, auf dem er folgende Anweisungen für sie festgehalten hatte:

Liebe Mileva,
ich wäre dir sehr verbunden, wenn du dich an folgende Regeln halten würdest:
1. Meine Kleider haben stets gebügelt zu sein.
2. Ich bekomme drei Mahlzeiten am Tag auf meinem Zimmer serviert, und ich wünsche allein zu speisen.
3. Mein Schreibtisch ist tabu; da hat niemand etwas anzufassen.
4. Du hast auf jegliche sexuelle Betätigung zu verzichten, es sei denn, ich verlange es von dir.
5. Antworte unverzüglich, wenn ich dich etwas frage.
6. Verlasse mein Zimmer auf der Stelle, wenn ich dich dazu auffordere.
Danke, dein Albert

Es wäre jedoch ungerecht, jetzt auf Sokrates und Einstein loszugehen. Schuld an der Misere ist vielmehr, dass Frauen jahrhundertelang nicht viel besser als Sklavinnen gehalten wurden. Wenn wir uns ansehen, wie viele Männer und wie viele Frauen im Lexikon Erwähnung finden, kommen wir, wohlwollend betrachtet, auf ein Verhältnis von höchstens zehn zu eins. Und da das weibliche Gehirn nicht über weniger Neuronen als das männliche verfügt, können wir daraus schließen, dass die historische Unterlegenheit der Frau allein auf die gesellschaftliche Rolle zurückzuführen ist, die dem so genannten »schwachen Geschlecht« von männlicher Seite zugedacht wurde. Eine unsichtbare Kette fesselte sie an den Herd und hinderte sie an allem, was über das Wäschewaschen oder die ehelichen Pflichten hinausging.

Im Gegensatz zu Einstein bin ich ein großer Verehrer des weiblichen Geschlechts. Lebte ich mit einer Ehefrau oder Geliebten zusammen, würde ich sie nach Kräften dabei unterstützen, sich intellektuell und spirituell weiterzuentwickeln. Mit den anregendsten Menschen, die ich kenne, würde ich sie zusammenbringen. Ich würde sie dazu ermutigen zu studieren, zu reisen, andere Völker kennen zu lernen, und ihr jene Bücher oder Filme ans Herz legen, die mir selbst am meisten gegeben haben. Kurzum, ich würde sie nicht nur als gleichberechtigte Partnerin behandeln, sondern mich auch mächtig für sie ins Zeug legen. Unter einer Bedingung allerdings. Ein paar Stunden am Tag müsste sie mich allein lassen.

Die Natur hat den Frauen die fundamentale Aufgabe der Arterhaltung zugewiesen, mit dem Ergebnis, dass sie im Laufe der Entwicklungsgeschichte alle Eigenschaften und Fähigkeiten ausbildeten, die in einer Liebesbeziehung förderlich sein können. So die Kunst der Verführung, die Koketterie, die Leidenschaft, das Ertragen der Geburtsschmerzen oder die Geduld, ein Kind aufzuziehen. Gerade Letzteres ist eine Fähigkeit, die vielen Männern nicht gegeben ist. Sie scheitern schon daran, wenn es gilt, mal eine halbe Stunde auf einen vierjährigen Jungen aufzupassen. Zumindest mir geht es so. Nach kurzer Zeit weiß ich nicht mehr, wo mir der Kopf steht, und beneide jeden Schwerstarbeiter, weil der von seinem Job weniger geschlaucht wird. Frauen hingegen opfern der Kindererziehung in der Regel die besten Jahre ihres Lebens, und die meisten sind wohl auch noch glücklich dabei. Indem sie einem Kind Mutter sein kann, entdeckt die Frau, dass sie lebt. Im Grunde genommen gibt sie sich mit wenig zufrieden: Sie will geliebt werden. Ob nun die Person, von der sie geliebt wird, ihr Ehemann oder ihr Kind ist oder auch nur ein Mann, den sie gerade kennen gelernt hat, ist da zunächst einmal zweitrangig: Das Wichtigste ist ihr das Gefühl, unersetzbar zu sein.

Ich habe mal bei den klassischen Autoren nachgeblättert um zu sehen, was diese so über Frauen zu sagen haben, und dabei einige erstaunliche Definitionen gefunden. So schreibt Hesiod in seiner *Theogonie*, »immer begleiten sie (die Frauen) Eros und Begehren«. Und Dante hält die Frauen gar für so »liebenswürdig und aufrecht«, dass sie die Zunge zwingen, »schweigend zu beben« und die Augen sich nicht erkühnen, »sie anzusehen«.

II Frauen sind schöner als Männer

Meiner Ansicht nach sind Frauen schöner als Männer.

Das schreibt der doch nur, weil er selbst ein Mann ist, könnte man mir entgegenhalten, wäre er als Frau zur Welt gekommen, würde er genau das Gegenteil behaupten! In Wahrheit ist doch jedes Geschlecht auf seine Weise schön.

Aber ich lasse mich nicht beirren: Nein, nein, Schönheit ist eine typisch weibliche Eigenschaft. Schließlich heißt es ja auch »die Schönheit« und nicht »der Schönheit«. Ich jedenfalls habe keine Zweifel: Frauen sind schöner als Männer, und man sehe es mir nach, wenn ich als Beweis noch einmal Platon und sein berühmtes Höhlengleichnis heranziehe.

Platon zufolge befindet sich der Mensch in einer Höhle, und zwar mit dem Rücken zum Ausgang angekettet, sodass er den Blick niemals nach außen wenden kann. Er kann praktisch nur die hintere Höhlenwand sehen. Hinter ihm aber, draußen auf der Straße, ziehen unterdessen die Ideen vorbei, das heißt, die Idealformen alles Seienden dieser Welt, mithin also auch die Idee der Frau, des Pferdes und des Hahns oder, wenn man so will, der Weiblichkeit, der »Pferdlichkeit« und der »Hahnlichkeit«. Von diesen Ideen kann der Mensch, der arme Teufel, also nur die

Schatten sehen, und er beurteilt sie als mehr oder weniger schön, je nachdem wie nahe sie seiner eigenen subjektiven Idealvorstellung kommen.

Überlegen wir nun einmal, wie die Idee der Schönheit beschaffen sein könnte. Mit Sicherheit hätte sie ein wunderbar sanftes Gesicht, einen geschmeidigen Körper und vor allem viele Kurven und praktisch keine einzige Kante. Nicht zufällig ist aber nun, für mich jedenfalls, der Kreis jene geometrische Figur, die am ehesten an eine Frau erinnert, während Quadrat und Dreieck eher dem Mann zuzuordnen sind.

Mit anderen Worten, das Leben hat mich gelehrt, dass die Frau mehr Kurven hat als der Mann und der Mann mehr Kanten als die Frau, sodass man bei einem Mann mit sehr feinen Gesichtszügen wie Leonardo Di Caprio zum Beispiel dazu neigt, ihn als »verweiblicht« zu bezeichnen. Dass manchen Frauen auch Männer mit unharmonischen, knorrigen, kantigen Gesichtern gefallen, so wie Gérard Depardieu oder Jean Paul Belmondo, steht auf einem anderen Blatt. Fest steht jedenfalls, dass eine wirklich schöne Frau immer »runder« ist als ein Mann.

Beweise für die ästhetische Überlegenheit der Frau gibt es mehr als genug. Nehmen wir nur das Alter, den wahren Feind der Schönheit. Wir wissen ja alle, dass auf Grund des zweiten Hauptsatzes der Thermodynamik der menschliche Körper früher oder später zerfällt. Aber wer sind die Ersten, die das zu spüren bekommen? Natürlich die Frauen. Und warum? Weil sie in jungen Jahren so leichtsinnig waren, alles auf die Karte Ästhetik, anstatt auf die Karte Macht zu setzen. Ist die Blüte der Jugend erst einmal vorüber, hat eine normale Frau ein Problem damit, ihr tatsächliches Alter einzugestehen, während viele Männer stolz darauf sind. Marlon Brando, um nur einen herauszugreifen, galt in jungen Jahren als schönster Mann der Welt, wurde dann aber immer fetter und hässlicher. Dennoch reißen sich Produktionsfirmen immer noch um ihn und bezahlen ihn heute wahrscheinlich sogar noch besser als zu Beginn seiner Karriere.

Und nun frage ich mich: Ist es denn tatsächlich so wichtig, schön zu sein? Zu dem Zeitpunkt, da sich zwei Menschen näher kennen lernen, ganz bestimmt. In den ersten fünf Minuten ist es sogar entscheidend. Doch mit der Zeit relativiert sich die Bedeutung des Aussehens immer mehr. Ob der Lebenspartner nun schöner ist oder nicht, interessiert nach zehn Jahren Ehe kaum noch. Mit anderen Worten, man gewöhnt sich an alles, auch an das Schöne oder Hässliche.

Angefangen bei der bösen Königin in *Schneewittchen*, die jeden Tag ihren Spiegel befragte, wer die Schönste sei im ganzen Land, bis hin zu Greta Garbo und Marlene Dietrich, die sich von der Öffentlichkeit abschotteten, sobald sie merkten, dass ihre Schönheit welkte, wurde dem Aussehen schon immer eine unverdiente Bedeutung beigemessen. Nun würde ich gerne unsere Damen davon überzeugen, dass in ihren Herzen Werte stecken, die weit wichtiger sind als äußere Schönheit. Nehmen wir als Beispiel nur die Sensibilität: eine wunderbare Gabe, die mit den Jahren zunimmt und die in einer Beziehung tausendmal so viel zählt wie eine glatte Haut oder eine schlanke Taille. Ich weiß, dass sich jetzt wieder mein alter Kritiker zu Wort meldet.

»Du hast schon Recht«, meint er, »aber wie kommt es dann, dass wir dich bei jeder Party in Begleitung einer anderen sehr schönen, jungen Dame antreffen? Warum suchst du diese Gesellschaft? Etwa weil die jungen Mädchen so sensibel sind?«

»Was hat das damit zu tun«, entgegne ich, ziemlich ein-
geschnappt, »das ergibt sich einfach so. Schließlich bin ich
in der Welt des Showgeschäfts zu Hause, und da tummeln
sich nun mal weitaus mehr schöne als hässliche Menschen.
Dennoch, das schwöre ich, war ich nie voreingenommen
gegenüber hässlichen, oder besser, in ästhetischer Hinsicht
benachteiligten Frauen.«

Wir sollten allerdings auch nicht vergessen, dass es so
etwas wie eine Ästhetik des Hässlichen gibt.* So betont der
chinesische Philosoph Chiuang-tse-ti, schön sei nicht das
Schöne an sich, sondern das Nützliche. Nehmen wir als
Beispiel nur den Tintenfisch, ein ganz gewiss nicht sonder-
lich schönes Tier, dessen Formen aber besonders nützlich,
das heißt besonders gut an seinen Lebensraum angepasst
sind. Und ähnlich verhält es sich bei der Frau: Jede Einzel-
heit ihres Körpers ist zum Zweck der Arterhaltung konzi-
piert. Und außerdem sind heutzutage, in Zeiten der Schön-
heitschirurgie, auch Wunder möglich. So ist es wohl nicht
ausgeschlossen, dass wir irgendwann einmal Kinder mit
ganz bestimmten vorher festgelegten Eigenschaften auf Be-
stellung haben können.

Stellen wir uns vor, wie ein vornehmes Ehepaar ein
»Babyshoppingcenter« betritt und drei Kinder, lieferbar in
den nächsten sechs Jahren, bestellt.

»Wir hätten gern einen Jungen und zwei Mädchen. Den
Jungen bitte wie Marcello Mastroianni, das erste Mädchen
wie Margherita Hack und das zweite wie Maria Grazia Cu-
cinotta…, aber bitte mit blauen Augen.«

Denkbar wäre dann auch irgendein Diktator, der im
Hinblick auf seine Leibgarde ein paar hundert Jungen bestellt, die garantiert einmal zwei Meter groß sein und einen

* Vgl. Karl Rosenkranz, *Ästhetik des Hässlichen*, Leipzig 1995.

Körperbau wie Rambo entwickeln werden. Doch unter diesen Bedingungen hätten wir die Schönheit bald satt. Was hätte es noch für einen Sinn, mit einer Frau wie Claudia Schiffer zusammen zu sein und dann bei einer Party feststellen zu müssen, dass dort alle weiblichen Gäste mehr oder weniger wie das Topmodel aussehen? Mit anderen Worten, wahre Schönheit muss einzigartig sein.

Ich selbst kann ein Lied davon singen: Vier Jahre war ich mit einer wunderschönen Frau verheiratet, von der ich mich dann jedoch trennte, und erst heute weiß ich, dass nicht die Schönheit ihr größter Vorzug war.

Im Film kommt alles auf die Schönheit an. Eine schöne Komparsin wird in der Regel doppelt so gut bezahlt wie eine hässliche Kollegin. Als ich noch selbst drehte, brauchte ich einmal für eine Szene in einem sizilianischen Dorf sechs alte, möglichst hässliche Trauerweiber. Und was tat mein Assistent, ein gewisser Pancera? Stellte mir doch tatsächlich an jenem Morgen in Cinecittà sechs üppig gebaute junge Damen vor.

»Wen hast du mir denn da angeschleppt?«, fuhr ich ihn an.

»Das sind die Klageweiber, Signore, steht doch so im Drehbuch. Sicher, sie sind ein wenig teurer als die abgehärmten Alten, machen dafür aber viel mehr her.«

(Zum Thema Regieassistent hat übrigens Ennio Flaiano einmal gesagt: Ein Regieassistent ist ein Mensch, der dem Regisseur hilft, einem Produzenten zu helfen, einem jungen Mädchen zu helfen, das ihrer Familie helfen muss. Wie um zu sagen, dass der italienische Film nur erfunden wurde, um die Familie eines jungen Mädchens zu unterstützen, das selbstverständlich wunderschön sein muss.)

III Der Sex

Lord Philip Chesterfield hat einmal gesagt: »Sex lohnt sich nicht: Die Anstrengung ist groß, der Genuss kurz und die Stellung lächerlich!« Stellt sich nur die Frage, warum so viele Menschen nichts anderes im Kopf haben. In einer neueren Statistik rangiert Sex an der Spitze der Genüsse des Lebens, nämlich noch vor Fußball und gutem Essen. Wichtige Einschränkung: Das ist die Reihenfolge bei den befragten Männern. Bei den Frauen sieht es nämlich ganz anders aus. Da findet sich der Sex abgeschlagen auf dem fünften Platz wieder, hinter Liebe, Kindern, Gesundheit und Mode. Dass Sex bei Männern einen höheren Stellenwert hat, war wohl zu erwarten. Auch in der Welt der alten Griechen sah es nicht anders aus: Das bestätigt uns der Komödiendichter Aristophanes, der in seinem Stück *Lysistrata* von einem Streik der Frauen erzählt. Danach sollen sich während des Peloponnesischen Krieges die Athenerinnen und Spartanerinnen darüber verständigt haben, sich ihren Gatten so lange zu verweigern, bis diese endlich die Kampfhandlungen einstellten. Andere Zeiten, andere Sitten: Heute regiert unangefochten das sizilianische Sprichwort *megliu cumannari ca futtiri* (»Befehlen ist besser als Vögeln«), und da es, um befehlen zu können, zuweilen notwendig ist, Krieg zu führen, hätte sich Präsident Clinton wohl auch von einem Streik seiner Hillary nicht davon abhalten lassen, Milosevic anzugreifen.

Da nun geklärt ist, dass Sex Spaß macht, versuchen wir nun dahinter zu kommen, warum: 1921 erschien in Paris ein Manifest der Futuristen, in dem der so genannte *Tattilismo* propagiert wurde, das heißt, die mit dem Tastsinn erfahrbare Kunst.

»Warum sollen wir ein Kunstwerk nur mit den Augen oder Ohren genießen?«, fragte Filippo Tommaso Marinetti. »Warum hat noch kein Künstler daran gedacht, auch den Tastsinn in den Kunstgenuss miteinzubeziehen? Es ist einfach nicht gerecht, den Tastsinn so hartnäckig zu vernachlässigen und wie einen Sinn zweiter Wahl zu behandeln.«

Tatsache ist jedenfalls, dass ich als Oberschüler Ende der Vierzigerjahre in Neapel eine Tastausstellung besuchte. »Gezeigt« wurden dutzende und aberdutzende unsichtbare Kunstwerke in großen Holzkisten, die man nur »berühren« durfte. Der Besucher steckte die Hand in eine dieser Kisten und sollte daraufhin, nach dem Willen der Ausstellungsmacher, eine bestimmte, dem Namen des Kunstwerks gemäße Regung verspüren. Ich begann mit einer »Skulptur«, die *Der Neid* hieß, steckte die Hand in den Kasten und griff in einen nassen Lappen. In einem anderen Behälter mit der Aufschrift *Endstation* lag eine Stahlbürste – warum, habe ich nicht recht verstanden. Dann sah ich eine Kiste, auf der *Schuldgefühl* stand. Darin befand sich, wie ich erfühlte, ein Glas Marmelade ohne Deckel, und wer die Hand hineinsteckte, beschmierte sich unweigerlich damit. Eine Reihe von Mitschülern war von diesem süßen Kunstwerk nicht mehr wegzubekommen und erfreute sich an den Gesichtern der Leute, die dort hineingriffen.

Eine Skulptur aber hatte es mir besonders angetan, die *Erotik*. Sie steckte in keinem Behälter, sondern stand unverhüllt auf einem Tisch mitten im Raum. Dabei handelte es sich um eine Gummiplatte, vielleicht vierzig mal vierzig Zentimeter groß und fünf Zentimeter dick, mit sechsunddreißig Löchern, die in sechs Reihen angeordnet waren. Ein wenig darunter ein Schild mit der Gebrauchsanweisung: »Finger in irgendein Loch stecken, aber Vorsicht, in einem der Löcher befindet sich ein mit der Spitze nach oben gerichteter Nagel.« Ich überlegte nicht lange und steckte den Zeigefinger ins erstbeste Loch. Es war leer, und so untersuchte ich nacheinander alle weiteren Löcher, und mit jedem Loch wuchs meine Angst, mich zu stechen. Endergebnis: Es war überhaupt kein Nagel darin. Verwundert wandte ich mich an den Direktor der Ausstellung, einen waschechten Futuristen, und verlangte eine Erklärung. Der Mann musterte mich einige Sekunden und überlegte wohl dabei, ob es Sinn mache, sich mit einem Schüler auf eine Diskussion einzulassen. Schließlich ließ er sich aber doch dazu herab und antwortete mit hochmütiger Miene: »Eros geht immer mit Pathos einher.«

Mit anderen Worten, für die Futuristen war Eros wie ein dunkler Raum, den man ein wenig neugierig und ein wenig bange betritt. Mit gemischten Gefühlen also: auf der einen Seite die Sehnsucht, die geliebte Person zu besitzen, auf der anderen die Furcht, sie zu verlieren, vergleichbar vielleicht mit dem Aufbruch zu einer Entdeckungsreise nach Amerika, bei der man nicht weiß, ob es ein zu entdeckendes Amerika überhaupt gibt.

Nur wollen wir uns jedoch etwas konkreter mit dem Thema Erotik befassen und versuchen, wenn möglich, zu einem Ergebnis zu kommen.

Was ist der Unterschied zwischen einer schönen Frau und einem Teller Tagliatelle? Ich weiß, die Frage ist gewagt, aber die Antworten können uns vielleicht verstehen helfen, wie wir Menschen beschaffen sind. Tagliatelle al ragù vermitteln uns, wenn sie gut zubereitet sind und vor allem wenn man Hunger hat, einen direkten Genuss, der nur mit unserem Geschmack zu tun hat. Wir mögen die Tagliatelle al ragù, aber es ist nicht notwendig, dass die Tagliatelle auch uns mögen. Mit anderen Worten, Essen ist ein Einbahnstraßengenuss: Er geht von den Nudeln aus und erreicht unseren Gaumen, und damit hat es sich.

Zu einer erfüllten Sexualität, die zwei Menschen verbindet, gehört hingegen, dass das Gefallen erwidert wird. Wenn mir die Frau, die ich liebe, während des Beischlafs ihre Zuneigung zeigt, steigert das meine Lust. Und Sie können mir glauben: Egal was Lord Chesterfield dazu sagt, mir bereitet es einen größeren Genuss, mit einer feinfühligen Frau ins Bett zu gehen, als einen Teller Tagliatelle zu essen. Aber vielleicht sollten wir, um größere Klarheit zu gewinnen, zunächst einmal festhalten, worin sich Erotik, Sex und Liebe voneinander unterscheiden.

Für Freud ist das größte Verlangen des Menschen der Eros, für Alfred Adler die Macht und für den Politologen Francis Fukuyama jenes, wieder erkannt zu werden. Diese letzte Theorie ist gar nicht so neu, schon Hegel hat sie formuliert. Ihm zufolge zweifelt der Mensch unablässig an seiner eigenen Existenz und sucht in jeder Beziehung zu einem Mitmenschen eine Bestätigung, dass es ihn gibt. Denn während er für alle anderen Grundbedürfnisse wie

Hunger, Schlaf, Schutz vor Kälte keinerlei objektives Feedback erwarten kann, verlangt der Mensch in der Erotik durch die Lust des anderen eine Bestätigung seiner selbst. Und so kommen wir wieder zu den Tagliatelle zurück. Die verschaffen uns einen immer gleichen Genuss, während die erotische Lust steigt oder fällt, abhängig davon, ob und wie uns der Partner seine Zustimmung mitteilt. Kurzum, im philosophischen Sinne ist es eine Bestätigung unserer Existenz, wenn wir feststellen, dass wir dem Partner Lust bereiten konnten. Tagliatelle al ragù hingegen können ruhig stumm bleiben und uns trotzdem schmecken. Es hat keinen Sinn, mit der Gabel auf sie einzustechen und dabei, wie seinerzeit Michelangelo, zu rufen: »Warum erwidert ihr nichts?«

Um dieses Kapitel über Sex abzuschließen, widmen wir uns der Frage, ob sich Männer und Frauen in diesem Bereich unterschiedlich verhalten. Und hier behaupte ich, dass die meisten Frauen nur dann Spaß am Sex haben, wenn sie sich angenommen fühlen und auch ihre Seele beteiligt ist, während dies für den Mann nicht unbedingt notwendig ist. Meistens jedenfalls. Mit anderen Worten, die Frau muss ihrem Partner Gefühle entgegenbringen, zumindest für die Zeit, die sie mit ihm im Bett ist, während wir Männer, geben wir es ruhig zu, immer und überall zum Sex bereit sind. In den meisten Fällen wenigstens.

Und hier spielt auch wieder die Macht hinein. Die Tatsache, dass der Mann gewöhnlich »oben« liegt, verleiht dem Geschlechtsakt einen Aspekt der »Beherrschung«, was natürlich einem Charakter, der sein ganzes Leben auf Machtgewinn ausgerichtet hat, gefallen muss. Unsere Damen haben dieses Problem hingegen nicht. Sie müssen nicht »besitzen«, um sich lebendig zu fühlen: Sie sind geschaffen, um zu lieben und geliebt zu werden, und sie fühlen sich nur dann eins mit sich selbst, wenn diese beiden Bedingungen erfüllt sind. Kurzum, meine Herren, ob es uns gefällt oder nicht, Frauen sind anders.

IV Die Liebe

Allgemein sagt man, junge Leute seien schön, aber dumm, ältere sensibel, aber hässlich. Doch stimmt das wirklich? Es wird wohl auch hässliche und intelligente junge Menschen geben, ebenso wie alte, die noch ganz appetitlich aussehen! Abgesehen davon, ist es schon nicht sehr freundlich, überhaupt von »Alten« zu reden. Der Philosoph Noberto Bobbio hat ja, zumindest für sich selbst, den Begriff *stravecchio* (»in höchster Reife«) gewählt, und das ist sicher ein kluger Schachzug. Manche Leute plädieren auch dafür, Menschen über sechzig einfach »Senioren« zu nennen. Meinetwegen, aber mir persönlich ist das Adjektiv »alt« immer noch lieber als alle entsprechenden Synonyme. An der Anzahl der Jahre lässt sich ohnehin nichts ändern, und auch wenn mich jemand als Senior bezeichnet, werde ich dadurch keinen Tag jünger. Ähnlich ist es übrigens mit den Euphemismen, die mittlerweile für Blinde und Taube gebräuchlich sind. Diese Menschen »nicht Sehende« und »nicht Hörende« zu nennen, um sie nicht zu verletzen, kommt mir doch recht heuchlerisch vor.

Und wie sieht es speziell bei den Frauen aus? Stimmt es, dass sie mit zwanzig dumm und attraktiv sind, und ab sechzig hässlich und intelligent? Und von welchem Alter an können wir von einer alten Frau sprechen? Man bezeichne eine Freundin als alt und hat sich eine Feindin fürs Leben gemacht.

Dabei war es gerade eine alte Frau, Rita Levi Montalcini, die kürzlich ein wunderbares Buch* veröffentlicht hat, in dem sie betont, dass das Gehirn besser als alle anderen Organe des menschlichen Körpers dem Alterungsprozess trotzt.

Aber wie war ich selbst, Luciano De Crescenzo, als junger Mann? Nun, um der Wahrheit die Ehre zu geben: schön und dumm war ich und hatte mehr Ähnlichkeit mit einer Pflanze als mit einem Menschen. Ich stieg den Mädchen nach, spielte Fußball, betrieb Leichtathletik und ging mit meinen Freunden oft und gern einen trinken, und das alles, ohne auch nur einen Moment innezuhalten, um mir über das Leben Gedanken zu machen. Mit anderen Worten, ich war glücklich und wusste es gar nicht. Verglichen mit heute hatte ich nur eine positive Eigenschaft mehr: die Neugier. Ich war wissbegierig. Und nur dieser Neugier habe ich es zu verdanken, dass ich mich mit der Zeit besserte. Zu schade, dass ich gerade zu dem Zeitpunkt, als ich anfing, ein besserer Mensch zu werden, auch einen Bauch bekam, meine Haare grau und in meinem Gesicht die ersten Falten sichtbar wurden. Heute besitze ich eine »Carta d'argento«, also einen Seniorenausweis. Ich komme umsonst ins Museum und in die Kaiserforen, und eine Zugfahrkarte kostet mich dreißig Prozent weniger. Doch wenn ich in Begleitung einer jungen Dame reise, zahle ich lieber den vollen Preis, damit sie bei der Fahrscheinkontrolle meinen Seniorenpass nicht zu Gesicht bekommt.

---

* Rita Levi Montalcini, *Ich bin ein Baum mit vielen Ästen. Das Alter als Chance*, München 1999.

Viele Menschen machen sich Gedanken darüber, wie das Leben zu verlängern wäre. Dabei wäre es richtiger, es zu verbreitern. Nur, wie könnte man das bewerkstelligen? Ganz einfach durch Sensibilität. Und zufällig wächst die Sensibilität mit dem Verstreichen der Jahre. Ob man es glaubt oder nicht, aber als ich meinen Enkel Michelangelo zum ersten Mal auf dem Arm hielt, war ich weitaus bewegter als damals, als ich meine Tochter Paola zum ersten Mal sah. Es ist schon ein Unterschied, Großvater oder Vater zu werden. Darüber hinaus lasse ich mich seit einiger Zeit schon von Kleinigkeiten anrühren, und zumindest einmal am Tag habe ich Lust zu heulen. Ich höre ein altes Lied, und mir steigen die Tränen in die Augen. Ich sehe einen Film aus den Vierzigerjahren, und ich bin bewegt. Sogar als ich den Walt-Disney-Film »101 Dalmatiner« im Fernsehen sah, habe ich geweint.

Manche Leute behaupten ja, Frauen seien sensibler als Männer. Unter Gleichaltrigen wird das wohl auch stimmen. Ich bezweifle aber, dass junge Frauen sensibler sind als alte Männer. Und in diesem Zusammenhang möchte ich an ein neapolitanisches Lied erinnern, in dem es heißt:

Essa è l'aurora e io sò comme 'o tramonto,
essa è l'ammore io songo 'o sentimento,
essa mi stima, e io 'a voglio bene tanto.

Sie ist die Morgenröte, ich der Sonnenuntergang,
sie ist die Liebe, und von dieser Liebe träume ich,
sie schätzt mich, und ich liebe sie so sehr.

Seitdem ich mich zu den Senioren zählen darf, werde ich selbst ja auch überall geschätzt. Stürbe ich jetzt – nun, reden wir nicht davon. Die Wertschätzung meiner Person würde jedes Maß übersteigen, und wahrscheinlich würden sogar meine Kritiker weniger streng über mich urteilen. Fast hätte ich geschrieben: »Ich kann es gar nicht erwarten, bis es endlich so weit ist.«

Selbstverständlich sind all diese Überlegungen mit Vorsicht zu genießen, das heißt, sie gelten im Allgemeinen und lassen Einzelfälle außer Betracht. Und vor allem sieht alles vollkommen anders aus, wenn ein Mensch verliebt ist. Alter, Sex, Aussehen – all das zählt dann nicht mehr. Ein verliebter Mensch ist Angehöriger einer eigenständigen Rasse, die sich von keiner Statistik erfassen lässt, vergleichbar mit einem Verrückten auf Freigang. Auch wenn Lord Chesterfield der Ansicht ist, Sex lohne sich nicht, hätte er mehr Grund gehabt, uns vor der Liebe zu warnen.

Nur in der ersten Zeit unterwerfen sich die frisch Verliebten mit Freuden der Herrschaft der Leidenschaft, und das Ende einer Beziehung wird unausweichlich eine traumatische Erfahrung.

Liebe will wieder Liebe von uns haben,
und mich ergriff sie, diesem hier zuliebe
so tief, sieh her, dass ich sie immer hege.
(Dante Alighieri, *Göttliche Komödie*, Hölle, V, 103–105)

Nun, ebendiese Liebe ist dazu bestimmt, sich irgendwann einmal zumindest bei einem der beiden zu verflüchtigen, woraufhin der andere wie ein Hund leidet. Mit anderen Worten: In jeder Liebesbeziehung wird es immer einen geben, der weint, und einen, der sich langweilt. Um das bestätigt zu finden, braucht man sich nur mal zu überlegen, wie viele Liebeslieder es gibt, in denen jemand leidet, und wie viele, in denen alle beide froh und glücklich sind.

Soviel ich weiß, finden sich im neapolitanischen Liedgut nur ganz wenige Lieder, die nicht traurig sind. Auf ein fröhliches wie *Comme facette memmete* kommen mindestens tausend, in denen einer der beiden Verliebten zumindest sterben will. Kein einziges, in dem die Liebe erwidert wird! Das Erste, das mir dazu einfällt, ist *Nisciuno pò sapè* von Domenico Modugno und Riccardo Pazzaglia.

Nisciuno pò sapè, nisciuno,
pecché me fai suffrì, nisciuno.
Chi sta abbracciato a te sta sulo.
Pure 'o profumo 'e te fa male.

Niemand kann wissen, niemand,
warum du mich leiden lässt, niemand.
Wer dich umarmt, ist alleine,
sogar dein Duft tut mir weh.

Um zu erkennen, ob die Beziehung, in der wir gerade stecken, nun wirklich die große Liebe ist, muss einige Zeit vergehen… viel Zeit sogar… Sagen wir, mindestens ein Dutzend Jahre. Und erst am Ende unserer Tage können wir ganz genau sagen, wie viele große Lieben wir erlebt haben, wie viele Durchschnitt und wie viele bloße »Verliebtheiten« waren. Statistisch dürfen wir mit mindestens drei großen Lieben in unserem Leben rechnen. Eine Impfung gegen die große Liebe ist übrigens noch nicht erfunden worden, und es darf wohl bezweifelt werden, ob sich überhaupt jemand, erfände man sie denn, impfen lassen würde. Schließlich gibt es da etwas, was alle Verliebten auf der Welt verbindet: der Wunsch zu leiden. Also sollte man ihnen, denke ich, den Spaß auch lassen.

Anders als viele glauben, hat Liebe rein gar nichts mit Sex zu tun. Nicht zuletzt deshalb, weil man, wenn man verliebt ist, dermaßen von seinen Gefühlen beherrscht wird, dass der Kopf gar nicht frei genug ist, um die sexuelle Beziehung zu genießen. Manchmal wünscht man sich die geliebte Person in einiger Entfernung, damit man unbeschwerter von ihr träumen kann, ohne Gefahr zu laufen, enttäuscht zu werden. »Ich liebe deinen freien Platz neben mir«, ist mit das schönste Liebesbekenntnis, das ich je gehört habe.

V   Lesbische Liebe

Es war ebenfalls auf der Volksschule, als ich zum ersten Mal von Homosexualität hörte. Ein Klassenkamerad, der achtjährige Rosario Savares, berührte den Schniepel eines Mitschülers, und von diesem Augenblick an hatte er seinen Schimpfnamen weg: »der Schwule«. Wir aus der Vier B umringten ihn auf dem Heimweg von der Schule und brüllten mit der typischen Erbarmungslosigkeit unserer jungen Jahre im Chor das entsetzliche Urteil: »SCHWU-LER! SCHWU-LER! SCHWU-LER!« Und er, der Ärmste, legte die Hände vors Gesicht und rannte davon. Für mich war damals »schwul« die schlimmste Beleidigung, die man jemandem zufügen konnte, schlimmer noch als Idiot, Dieb oder Mörder. Vergleichbar vielleicht noch mit »Verräter«. Dann mit der Zeit habe ich Gott sei Dank gelernt, dass Homosexuelle ganz normale Leute sind, gut oder schlecht, schlau oder dumm, so wie alle anderen auch, nur meistens etwas einfühlsamer als Heterosexuelle.

Eigentlich könnte man sogar von vier Geschlechtern sprechen, und zwar vom männlichen, weiblichen, schwulen und lesbischen.

Aristophanes hat uns die Sache in Platons *Symposion* sehr genau erklärt. Da erzählt er, dass am Anfang alle Menschen in zweifacher Ausfertigung existierten, dass sie also mit vier Beinen ausgestattet waren, vier Armen, vier Augen, zwei Nasen, zwei Mündern und folglich auch mit zwei Geschlechtsteilen: eins vorne in Form eines Penis, das andere hinten in Form einer Vagina. Diese Menschen bewegten sich wie Spinnen fort: vorwärts, rückwärts, nach links oder nach rechts, aber immer auf den vier Beinen. Einige dieser Urmenschen besaßen allerdings auch zwei gleiche Geschlechtsteile, also entweder zwei männliche oder aber zwei weibliche. Nach dem, was man so von dem Charakter der Doppelmenschen hört, müssen sie ziemlich unerträglich gewesen sein, hochmütig und arrogant und ohne den geringsten Respekt vor den Göttern. Eines Tages wollte sich Zeus ihr Treiben nicht länger mitansehen und gab Apollon den Befehl, die ganze Bande zu spalten. Der rachsüchtige Gott fackelte nicht lange und tat, wie ihm geheißen, mit dem Ergebnis, dass die Menschen fortan furchtbar unglücklich waren. Zum einen, weil sie sich jetzt nur noch hüpfend fortbewegen konnten, vor allem aber, weil sich ein jeder danach sehnte, sich wieder mit seiner abgetrennten Hälfte zu vereinen. Und so entwickelte sich etwas, das von nun an »Liebe« genannt wurde. Die männlichen Hälften liefen den weiblichen hinterher, und umgekehrt, und all jene, die einmal ein Wesen mit zwei gleichen Geschlechtsteilen waren, suchten verzweifelt nach einer Hälfte, die ihnen auf irgendeine Weise ähnlich war. Und so entstand gleichzeitig mit der heterosexuellen die homosexuelle Liebe. Wer mehr darüber erfahren will, sollte in Platons *Symposion* nachlesen, und zwar von Abschnitt 189 bis 193.

Bekanntlich nahm im antiken Griechenland niemand an homosexuellen Neigungen Anstoß. Sokrates, um nur einen der berühmten Männer der damaligen Zeit herauszugreifen, war ein Mann von hohen moralischen Grundsätzen, hielt

30

sich aber neben seiner lieben Gattin Xanthippe noch eine blutjunge Geliebte, und zwar die achtzehnjährige Myrto, sowie eine Reihe feuriger Jünglinge, die mit ihm das Lager teilten, nämlich Agathon, Pausanias und den berühmten Alkibiades. Nicht zufällig ging diese Form der Liebe später als »griechische Liebe« in die Geschichte ein.

Unter den weiblichen Homosexuellen war zweifellos die Dichterin Sappho die berühmteste. Ein paar biografische Anmerkungen: Im 7. Jahrhundert v. Chr. auf der griechischen Insel Lesbos geboren (daher der Begriff »lesbische Liebe«), verlor sie schon in jungen Jahren ihre Eltern, heiratete später einen reichen Großgrundbesitzer der Insel und gebar ihm eine Tochter namens Klais. Als reifere Frau gründete sie auf Lesbos einen *thiasos*, das heißt einen Club, dem nur Frauen beitreten durften und in dem die Göttin Aphrodite verehrt wurde. Genau genommen ging es Sappho in ihrer Dichtung weniger um die geschlechtliche Liebe zwischen Frauen als vielmehr um die Liebe in all ihren mannigfaltigen Formen. Ein Beleg dafür sind zum Beispiel die folgenden Verse:

Ein Geschwader von Reitern
sei das Schönste,
sagen die einen,
andere halten Fußvolk oder ein Heer
von Schiffen für der Erde
köstlichstes Ding,
– ich aber das, was man lieb hat.
(Sappho, Fragment 16)

Aufgepasst: Sappho geht hier nicht näher darauf ein, ob der Mensch, den sie liebt, ein Mann oder eine Frau ist.

Wichtig ist für sie nur, jemanden zu lieben, alles andere zählt nicht. Deutlicher wird die Dichterin da schon im Fragment 130, in dem sie ohne Umschweife bekennt, die wunderschöne Atthis zu lieben, jene Freundin, von der sie gerade wegen einer anderen verlassen wurde:

> *Eros wieder, der Glieder lösende, peinigt*
> *mich, süß und bitter,*
> *das unentrinnbar wilde Tier.*
> *Atthis, dir ward es lästig, bei mir zu sein*
> *in Gedanken: Andromeda läufst du nun nach.*
> (Sappho, Fragment 130)

Oder auch im Fragment 31, wo sie ihre Gefühle beim Anblick einer Freundin beschreibt:

> *... wie du lachst, weckt mein Verlangen: doch fürwahr,*
> *in meiner Brust hat dies die Ruhe geraubt dem Her*
> *zen.*
> *Erblicke ich dich, geschieht's mit einmal,*
> *dass ich verstumme.*
> *Denn gebrochen ist mir im Munde die Zunge,*
> *leises Feuer strömt unter meiner Haut mir,*
> *mit den Augen erblick ich nichts,*
> *ein Rauschen schwillt in den Ohren;*
> *und der Schweiß bricht aus, mich befällt*
> *ein Zittern aller Glieder,*
> *bleicher als dürre Gräser bin ich,*
> *bald schon einer Toten gleich*
> *sinke ich zurück verwandelt.*
> *Aber alles muss man ertragen...*
> (Sappho, Fragment 31)

Nun sollten wir jedoch nicht den Fehler begehen, die lesbische Liebe nur für eine Sache der Griechen zu halten. Auch die alten Römer, das heißt natürlich Römerinnen, standen ihnen da in nichts nach. Stellvertretend für alle sei hier die Satire von Juvenal erwähnt, in der sich zwei lesbische Frauen ein Stelldichein hinter einer Statue der Göttin Pudicitia geben und dort die ganze Nacht miteinander verbringen.

VI Prostitution

Zunächst einmal möchte ich betonen, dass ich am Beruf der Prostituierten absolut nichts Empörendes finden kann. Denn was macht eine Hure? Sie veräußert einen Teil ihres Körpers im Tausch gegen Geld. Und ebendies habe ich selbst lange Zeit meines Lebens auch getan. Zwanzig Jahre lang habe ich IBM Tag für Tag meinen Verstand verkauft. Ob ich Lust hatte oder nicht, jeden Morgen fuhr ich zur Arbeit, fütterte die Stechuhr und gehorchte blind einem Chef, auch wenn ich manchmal ganz anderer Meinung war. Man mag nun einwenden, es sei eine Sache, seinen Verstand zu verkaufen, eine ganz andere aber, seine Reize feilzubieten. Dem entgegne ich aber, dass es doch nichts Kostbareres gibt auf der Welt als den Verstand, und dieses Gut gegen ein Gehalt herzugeben, ist meiner Ansicht nach der schlimmste Fall von Prostitution.

Unsere immer noch negative Einschätzung des Lustgewerbes kommt wohl daher, dass wir uns bis heute nicht von unserer katholischen Vergangenheit gelöst haben, und für die Kirche war bekanntermaßen außereheliche Sexualität immer schon eine Todsünde. Außerdem: Wo liegt der Unterschied zwischen einer Hure und einer »anständigen« Frau, die sich etablieren möchte und deshalb einen wohlhabenden Mann heiratet, den sie gar nicht liebt?

Wenn man mich fragt, ich bin für die Wiedereröffnung der Freudenhäuser in Italien. Allerdings unter einer Bedingung: Sie müssten staatlich und nicht privat geführt werden. Denn der einzige Absatz der heutigen Prostitutionsverordnung, der auch meine Zustimmung findet, ist jener, der die Ausbeutung der Frau verbietet. Darüber hinaus aber wüsste ich nicht, warum man einer Frau, oder einem Mann, vorschreiben sollte, was sie mit ihrem Körper zu tun oder zu lassen haben.

Ganz meiner Meinung war übrigens auch schon der französische Schriftsteller Louis Aragon. In seinem Werk *Pariser Landleben* gibt er sich ohne Umschweife als Freund des Bordellbetriebs zu erkennen und wirft den so genannten »anständigen Bürgern« Heuchelei vor. Aragon schreibt:

Sollen die Spießer ruhig den ersten Stein werfen; sie brauchen diese magische Atmosphäre nicht, in der ich mich wieder jünger fühle bei den Wirren, die mein Leben öde gemacht haben. Ich schon. Und daher treibt mich, wenn ich mehrere Tage ohne Geld war, nach der Lohnzahlung so etwas wie eine leutselige Stimmung unweigerlich in die Arme einer schönen Dirne. Was kann es mir ausmachen, wenn ein Mann, der sich an einen einzigen Körper gewöhnt hat, dies für eine Art von Masturbation hält? Meine Masturbationen sind so gut wie die seinen. Und es gibt da einen Reiz, der sich nicht erklären lässt – man muss ihn spüren. Ich glaube, eine fremde Sprache zu sprechen, wenn ich euch erklären soll, was mich hierher zieht, und ihr nicht die gleichen Erfahrungen gemacht habt. Noch heute ist mir wie einem Schuljungen zu Mute, wenn ich mit merkwürdiger Erregung über diese Schwelle trete. Ich gehe dort dem großen reinen Verlangen nach. Meine Glut wird entfacht und gelöscht. Für mich ist das Bordell ein Tempel

der Freiheit, wo man auf einfachste Weise seine natürli-
chen Bedürfnisse befriedigt.
(Louis Aragon, Pariser Landleben)

Wie könnte man das bestreiten? Auch ich erinnere mich
wehmütig an meinen ersten Besuch im Bordell. Es war die
Pensione Gianna in Neapel, unweit der Universität im Vi-
cilo Sedile di Porto gelegen, einer Sackgasse von höchstens
zwanzig Metern Länge, in der sich allabendlich die Soldaten drängten. Hin und wieder tauchte ein Schutzmann
auf und versuchte, sich schreiend Gehör zu verschaffen:
»Nicht stehen bleiben! Bitte weitergehen! Alles weitergehen! Sonst bin ich gezwungen, Maßnahmen zu ergreifen!«
Der Eingang war gleich die zweite Tür rechts, wenn man
die Gasse betrat. Zum ersten Mal setzte ich den Fuß in dieses Etablissement, um gepanschten Whisky zu verkaufen.
Dabei handelte es sich um eine braune Flüssigkeit, die
ein früherer Küster, den alle nur Onkel Alfonso nannten,
in einer Gasse des Quartiere Spagnolo zusammenbraute.
Zusammen mit drei Kommilitonen war ich von ihm angestellt worden, um die Ware in von amerikanischen Soldaten besuchten Lokalen auszuliefern. Wir waren neunzehn
und gemeinsam auf der Ingenieurschule eingeschrieben.

   Um den Job zu bekommen, reichte es, auf ein Bildchen
des heiligen Antonius zu schwören, dass wir stets die fünf
goldenen Gebote Onkel Alfonsos beherzigen würden:

Erstens: Gebt die Flaschen nicht aus der Hand, bevor sie
bezahlt sind.
Zweitens: Merkt euch die Preise. Neunhundert Lire die
Flasche Whisky, siebenhundert eine Flasche Gin.
Drittens: Vergesst nicht, die leeren Flaschen mit zurück-
zunehmen.

Viertens: Schaut nicht auf die Huren, sondern aufs Geld.
Fünftens: Trinkt nie von Onkel Alfonsos Old Scotch, der ist das reinste Gift! Ein Schluck, und ihr fallt tot um.

Und es war eben in der Pensione Gianna, wo ich Ernestina kennen lernte. Von Ernestina habe ich ja schon in meinem Buch *Im Bauch der Kuh. Mein neapolitanisches Leben* erzählt. Aber ich muss einfach noch einmal auf sie zu sprechen kommen, weil sie sich schon einen festen Platz in meinem Herzen erobert hat. Ernestina war Analphabetin und hatte ein Problem: Einmal im Monat musste sie einen Brief nach Hause schreiben. Und so lag es für uns beide nahe, einen Pakt zur gegenseitigen Hilfeleistung abzuschließen: Ich schrieb also die Briefe an ihre Familie, und sie brachte mir bei, wie man mit einer Frau schläft. Ihr verdanke ich alles, was ich heute über Sex weiß. Das Problem war nur, sie überhaupt zu verstehen. Ernestina kam aus Castelfranco Veneto, und ihre Mutter hatte nicht die leiseste Ahnung, in welchem Gewerbe sie tätig war. Sie hatte ihr erzählt, sie arbeite als Sängerin in einem Cabaret und gebe jeden Abend eine Vorstellung. Meine Aufgabe war es nun, ihre venezianischen Ergüsse ins Italienische zu übersetzen. Ein von ihr diktierter Brief lautete etwa so:

Liebe Mama,
mir geht's gut und ich hoffe, du auch. Ich hab wahnsinnig Erfolg, noch gestern hat ein Zuschauer ganz lang geklatscht, und ich sollte noch eine Zugabe machen. Die Chefin ist ganz doll zufrieden mit mir. Vielleicht gibt sie mich nächsten Monat schon mehr Geld. Wie geht' Lucia? Sag ihr, sie soll immer ganz viel lernen, weil wenn man nicht viel lernt, musst man immer das machen, was andere Leute sagen, die viel gelernt haben. Liebe Mama, ich hab

dich so lieb, und ich denk ganz oft an dich, und dann denk ich immer, wie ich als Kind war, und dann muss ich heulen.

Deine Ernestina

Dann eines Tages geschah das Entsetzliche! Die Senatorin Angelina Merlin legte ein Gesetz vor, das die Prostitution ein für alle Mal abschaffen sollte und das dann tatsächlich am 19. September 1958 (ausgerechnet am Festtag von San Gennaro) in Kraft trat. Alle Freudenhäuser Italiens wurden auf einen Schlag geschlossen. Natürlich hätte sich die Abgeordnete nie träumen lassen, dass sich in Folge dieses Gesetzes die Prostitution dermaßen über die Straßen des ganzen Landes ausbreiten würde: Gab es damals kaum mehr als dreitausend Huren, so zählt man heute mindestens vierzigtausend, darunter allein fünftausend Albanerinnen. Wie gut erinnere ich mich noch an jenen letzten Tag! Alle weinten. Die Kunden weinten. Die netten Damen weinten. Und auch die Puffmutter, Signora Gianna, weinte.

»Ach, mein lieber Herr Ingenieur«, sprach sie mich an, kaum dass sie mich erblickte, »ist das nicht entsetzlich, was man uns hier antut? Sie können doch selbst bezeugen, dass man es den Kunden hier an nichts fehlen ließ. Und die Leintücher waren auch immer sauber. Ich selbst habe doch dafür gesorgt, dass sie jeden Tag gewaschen wurden. Ach, was soll jetzt bloß aus meinen armen Mädchen werden? Hier hatten sie doch alles, was sie brauchten: einen Arzt, der sie einmal im Monat untersuchte, ein Dach über dem Kopf und eine Frau wie mich, die in manchen Angelegenheiten mehr für sie war als eine Mutter. Jetzt landen sie alle auf der Straße. Und das bei den vielen Halunken, denen sie dort in die Hände fallen können. Die Mädchen wissen doch gar nicht, wie sie auf eigenen Füßen stehen sollen. Ach, ich fürchte, sie werden alle ein böses Ende nehmen! Und alles nur wegen dieser niederträchtigen Ziege!«

Diese »niederträchtige Ziege« war natürlich die Senatorin Angelina Merlin von der Sozialistischen Partei Italiens.

Einige Kunden schlugen vor, zum Abschied mit Sekt anzustoßen, aber den Mädchen war nicht nach Feiern zu Mute: Sie weinten sich lieber die Augen aus.

»Ach mein Schatz«, sagte ein nicht mehr ganz junger Herr an ein mächtiges Weibsbild mit grauen Haaren und enormen Brüsten gewandt, »ich will dich nicht verlieren. Du bist alles für mich! Sag mir, wo du nun wohnen wirst, und ich werde zu dir eilen, auch wenn ich bis zum Ende der Welt reisen müsste. Und dann werden wir wieder vereint sein, so wie immer, mindestens einmal in der Woche.«

»Gib mir deine Adresse, dann schreib ich dir, wo du mich finden kannst«, antwortete sie, indem sie die Nase hochzog, um ihre Tränen zu verbergen.

»Nein, auf keinen Fall«, bekam sie zur Antwort, »meine Frau öffnet jeden Brief an mich. Du kannst mir schreiben, aber postlagernd.«

»Na gut. Aber schwör mir, dass du mich nie verlässt.«

So war das im Jahr 1958. Heute müsste Ernestina wohl um die siebzig sein. Es wäre schön, wenn sie zufällig das Buch läse und jemanden fände, der für sie einen Brief an mich schreibt. Natürlich »postlagernd«.

VII Gossenausdrücke

Frauen benutzen keine Gossenausdrücke. Feine Damen denken sie noch nicht einmal. Und da dieses Büchlein eben mit zwei Wörtern aus dieser Kategorie beginnt, fürchte ich, dass sie gar nicht über die erste Seite hinauskommen. Aber überlegen wir mal genauer: Was ist eigentlich ein Gossenausdruck? In den meisten Fällen handelt es sich um ein Substantiv, das einen eher unten als oben gelegenen Teil des menschlichen Körpers bezeichnet, oder aber ein gewöhnlich mit Lust verbundenes Tun, das sich auch unter feinen Damen großer Beliebtheit erfreut. Es gibt also eigentlich keinen Grund, sich über eine gewisse Freizügigkeit in der Sprache zu empören. Und so halte ich nun den Zeitpunkt für gekommen, eine Lobeshymne auf die so genannte Gossensprache zu verfassen!

Gegen Ende der Vierzigerjahre erlebte Italien eine Renaissance der organisierten Studentenherrlichkeit. Um die Trostlosigkeit der Kriegsjahre endgültig hinter sich zu lassen und als Ausdruck einer ungezügelten Lebenslust, schossen vielerorts studentische Verbindungen aus dem Boden, hauptsächlich allerdings in kleineren Studentenstädten und nicht so sehr in den großen Metropolen: Padua, Pavia und Siena machten als Erste auf sich aufmerksam. So veranstaltete man in Padua alljährlich eine Art Festival der Studentenlieder. Gastgeber war der *Tribuno del popolo* (Volkstribun), also der Inhaber des höchsten Studentenamts der Universität. In Rom hingegen wurde ein *Pontifex maximus* verehrt und in Neapel der *Princeps* des *Sacer Ordo Aligeri Piscis*, also der »Fürst des heiligen Ordens vom geflügelten Fisch«. Welcher Fisch damit gemeint war, versteht sich wohl von selbst. Übrigens war es ja immer schon ein besonderes Problem so genannter anständiger Menschen, statthafte Benennungen der männlichen oder weiblichen Geschlechtsteile zu finden. Obwohl Italien schon so lange vereint ist, gibt es immer noch eine Grenzlinie, die unsere Nation in sexueller Hinsicht entzweit: in den Norden, wo der Penis »Vogel« heißt, und den Süden, wo man hingegen vom »Fisch« spricht.

Bereits als Erstsemester kam ich mit dem *Sacer Ordo Aligeri Piscis* in Kontakt. Bald schon ernannte man mich zum *Barone di primo pelo*, im Jahr darauf zum *Barone di secondo pelo*, und kurz vor meinem Examen wurde ich sogar *Princeps* des *Sacer Ordo*. Nun wird man sich fragen, womit sich mein Orden denn so beschäftigte. Mit nichts Besonderem eigentlich, aber wir hatten immer einen Mordsspaß. So gab es einen Hofchor, der auf der großen Freitreppe vor der Universität in der Via Rettifilo Konzerte gab, mit deren Einnahmen gemeinsame Bordellbesuche finanziert wurden. Als Rechtfertigung für unser anstößiges Treiben mag man gelten lassen, dass die Mädchen in unserem Alter damals unter keinen Umständen bereit waren, vor der Ehe mit uns zu schlafen. Jungfräulichkeit bis zur Hochzeitsnacht war ein heiliges Gebot. So blieb uns nichts anderes übrig, als ein Bordell aufzusuchen oder, was aber schwierig war, unser Glück bei den Touristinnen, speziell den deutschen, zu versuchen.

Dennoch, oder vielleicht auch deswegen, waren die Jugendlichen zu meiner Zeit fast immer guter Laune. Die von heute sind dies, zumindest dem Anschein nach, überhaupt nicht – besonders in der Discothek, wenn Techno gespielt wird. Aus irgendeinem Grund wirken die jungen Leute alle so betrübt, als hätten sie gerade von einem Schicksalsschlag in der Familie erfahren. Ob der Wohlstand schuld ist? Ich weiß es nicht. Darüber sollen sich die Experten Gedanken machen. Sicher ist aber, dass uns in meiner Jugend die Texte der Studentenlieder Gelegenheit gaben, uns mal so richtig auszutoben: Fast immer handelte es sich um Anspielungen auf Frauen, oder genauer, um Anspielungen auf einen bestimmten weiblichen Körperteil. Keiner hatte diesen Körperteil je gesehen, keiner ging mit einem Mädchen, doch alle sprachen darüber.

Unser Repertoire reichte von den berühmten *Osterie* bis zu *Natascia, hai fatto tu la piscia* (»Natascia, hast du gepinkelt?«). Der absolute Hit war aber das Lied von *Fanfulla da Lodi*. Um nun auch die jüngeren Generationen an diesem heiligen Text meiner eigenen Jugend teilhaben zu lassen, möchte ich hier einige Verse, soweit ich sie noch in Erinnerung habe, wiedergeben:

Il barone Fanfulla da Lodi,
condottiero di gran rinomanza
fu condotto una sera in stanza
da una donna di facili amor.
Bel condottier, bel condottier,
cessa di far flanella, flanella, flanella.
Bel condottier, bel condottier,
cessa di far flanella e vieni a goder.

Der Baron Fanfulla da Lodi,
ein ruhmreicher Kondottiere,
trat eines Abends in eine Kammer,
zu einer Dame vom Liebesgewerbe.
Schöner Kondottiere, schöner Kondottiere,
hör auf zu gaffen, zu gaffen, zu gaffen.
Schöner Kondottiere, schöner Kondottiere,
hör auf zu gaffen, komm her und amüsier dich mit mir.

»Fare flanella« war ein typischer Ausdruck aus den Freudenhäusern und bezeichnete das Verhalten mancher Kunden, die, anstatt sich ein Mädchen auszusuchen, nur zaudernd wie angenagelt auf dem Sofa saßen. Da der Eintritt ins Bordell frei war, kamen tatsächlich nicht wenige Männer, um die Ware nur anzuschauen, aber nicht anzufassen. Doch hören wir nun, wie es unserem armen Fanfulla weiter erging:

Era nuova ai certami d'amore
di Fanfulla la casta alabarda,
ma alla vista di tanta »bernarda«,
prese il brando e si mise a pugnar.

E cavalca, cavalca, cavalca,
alla fine spossato si accascia,
lo risveglia al turpe bagascia,
»Cento talleri devi sborsar«.

»Vaffancul, vaffancul, vaffancul«
le risponde Fanfulla incazzato,
»venti talleri gia ti ho donato,
gli altri ottanta li prendi nel cul!«

Es war ungeübt in den Scharmützeln der Liebe,
das Kriegergeschlecht derer von Fanfulla,
doch als er ihre Büchse erblickte,
nahm er sein Schwert und stach hinein.

Und er reitet und reitet und reitet,
als es vollbracht, erschöpft schläft er ein,
doch da weckt ihn die gerissene Hure,
»Hundert Taler will ich von dir«.

»Leck mich am Arsch, du gieriges Weibsbild«,
erwidert Fanfulla in Rage,
»zwanzig Taler schon gab ich dir,
die restlichen achtzig steck sonst wo hinein.«

So weit, so gut. Doch einige Tage nach seinem Bordellbe-
such muss der ruhmreiche Kondottiere feststellen, dass er
sich eine Geschlechtskrankheit zugezogen hat.

Sette giorni appresso a quello
un prurito si sente all'uccello,
»Cosa è mai questo male novello
che la madre natura mi diè?«

Fu chiamato un famoso dottore,
quello venne e poi disse: »Fanfulla,
qui bisogna tagliare una palla
o lo scolo morir ti farà!«

In materia di scoli e banani
non c'è proprio mai nulla che tenga,
vige solo la legge del Menga
che a un dipresso si enuncia così ...

Sieben Tage nach diesem Abenteuer,
spürt er ein Jucken am Schwanz,
»O Gott, was ist denn das für ein Ungemach,
das die Mutter Natur mir da schickt?«

Einen berühmten Arzt lässt er kommen,
der untersucht und sagt zu Fanfulla:
»Ein Ei abschneiden muss ich dir,
sonst bringt der Tripper dich um!«

In Sachen Schwanz und Tripper,
gibt's nun mal kein Pardon,
hier herrscht nur das Gesetz des »Menga«,
und das schreibt Folgendes vor...

Und jetzt wird in der Ballade vom armen Kondottiere
dieses Gesetz des Menga genauer erläutert, worauf ich
aber an dieser Stelle meinem Verleger zuliebe verzichten
will. Wir neapolitanischen Studenten ließen das Lied ohnehin anders ausklingen. Für uns herrschte ein anderes Gesetz, nämlich das des Volga:

Di rimando alla legge del Menga
contrappostà è la legge del Volga:
»Chi l'ha preso nel culo se lo tolga
e lo metta nel cul del vicin.«

Diesem Gesetz des Menga
steht entgegen das Gesetz des Volga:
»Wer ihn in den Arsch bekommen hat,
    ziehe ihn raus
und stecke ihn einem anderen hinein.«

Ja ich muss zugeben, unser Liedgut war reichlich vulgär. Aber immer noch besser, als sich mit Drogen in Stimmung zu bringen: Es ist preiswerter und schadet niemandem.

Leider wurde unserer Burschenherrlichkeit eines Tages von der Politik der Garaus gemacht. Mit ihren Studentenorganisationen setzten die Parteien die Jugendlichen einem starken Druck aus und gewannen in den Verbindungen immer größeren Einfluss. Irgendwann war dann die frische Unbeschwertheit, die unsere Feste ausgezeichnet hatte, vollkommen dahin. Damals gab es in der Politik drei große Lager: die Christdemokraten, die die *Fuci* gründeten (Katholische Studenten Italiens), die Linke mit der Studentenorganisation *Cudi* (Demokratische Studenten Italiens) und die Rechte, die mit dem *Fuan* (Universitäre Bewegung der Nationalen Allianz) die alte *Guf* (Faschistische universitäre Jugend) aus Mussolinis Zeiten zu neuem Leben erweckte. Wer sich nicht zu einem dieser Lager bekannte, wurde sofort der Politikverdrossenheit geziehen (oder als Teddyboy abgekanzelt) und mit seinen Ansichten nicht mehr für voll genommen. Um dieser Ausgrenzung zu entgehen, hörten wir auf zu singen. Schade eigentlich. Schließlich haben solche Studentenlieder eine noble Tradition. Das erste Studentenlied, »Gaudeamus igitur«, stammt noch aus dem Mittelalter, wahrscheinlich aus dem 13. Jahrhundert. Verbreitung fand es durch *clerici vagantes*, umherziehende Studentengruppen also, die studierend und singend die Welt bereisten. Hier einige Strophen daraus mit der Übersetzung:

Gaudeamus igitur
iuvenes dum sumus
post molestam senectutem
nos habebit humus.

Ubi sunt qui ante nos
in mundo fuere.
Transeas ad superos
abeas ad inferos
quos si vis videre.

Vita nostra brevis est
brevis finietur.
Venit mors velociter
rapit nos atrociter
nemini parcetur.

Vivant omnes virgines,
faciles, formosae,
vivant e mulieres
tenerae, amabile
bonae, laboriosae.

Auf, lasst uns genießen,
solange wir noch jung sind,
nach einem beschwerlichen Alter
nimmt uns die Erde zurück.

Wo sind nur geblieben,
die auf Erden vor uns waren?
Steig hinauf zum Himmel
oder zur Hölle hinab,
wenn du sie treffen willst.

Unser Leben ist kurz
und in Kürze endet es.
Rasch kommt der Tod
und reißt uns grausam hinfort,
niemand bleibt verschont.

Hoch leben alle Jungfrauen,
üppig und leicht zu haben.
Hoch leben auch alle Ehefrauen,
die zärtlich sind und liebenswert,
gut und fleißig.

VIII Philosophinnen

Neapolitanische Autofahrer der alten Schule hassen jede Frau am Steuer: Haben sie eine ertappt, die sich auch nur den minimalsten Verstoß gegen die Verkehrsregeln erlaubt hat (wie zum Beispiel vor dem Abbiegen den Blinker nicht zu setzen), seufzen sie unweigerlich: »Natürlich, eine Frau!« So sieht also die Wertschätzung aus, die viele meiner Mitbürger dem zarten Geschlecht entgegenbringen, wenn sie dessen Vertreterinnen bei Aktivitäten beobachten, die ihrer Ansicht nach allein dem Manne vorbehalten sein sollten. Schlimmer noch ist es, wenn eine Frau es wagt, einen besonders angesehenen Beruf zu ergreifen. Ich weiß noch, wie mein Vater einmal einen Amtsarzt boykottierte, nachdem er herausgefunden hatte, dass es sich bei dem Arzt um eine Ärztin handelte. Die bedauernswerte Frau fragte ihn ausgesucht höflich, was ihm fehle, und er maulte zur Antwort: »Das weiß ich doch nicht. Wer ist denn hier der Arzt!?«

Gott sei Dank haben sich die Zeiten geändert, und es herrscht weitgehend Chancengleichheit zwischen den Geschlechtern. Sogar die katholische Kirche hat die Existenz vernunftbegabter Frauen einräumen müssen. Es gab dazu einen Hirtenbrief von Johannes Paul II. mit dem Titel *Mulieris dignitatem*, in dem ein für alle Mal die vollkommene

Gleichberechtigung von Mann und Frau anerkannt wurde. Wir haben heute Richterinnen, Unternehmerinnen und vielleicht schon in naher Zukunft eine Staatspräsidentin. Aber wann hat sich eigentlich dieser Wandel vollzogen? Manche behaupten, in der legendären Zeit der Achtundsechziger, andere meinen, schon viel früher, in den Jahren zwischen 1915 und 1918. Als damals im Ersten Weltkrieg die meisten Männer an der Front waren, nahmen die Frauen zu Hause deren Plätze in der Produktion ein, wodurch sich so etwas wie ein weibliches Selbstbewusstsein auf ökonomischem Gebiet zu entwickeln begann.

Einen Bereich gibt es aber, in dem Frauen noch nicht an der Spitze angelangt sind. Und das ist die Philosophie. Ich jedenfalls habe noch von keiner wirklich überragenden Philosophin gehört. Dass wir in der Geschichte der griechischen Philosophie keiner Sokratessa und keiner Platona begegnen, ist natürlich kein Wunder. Na ja gut, eine gab es sogar, eine Dame namens Hipparcheia, die Gattin des Krates, aber bei ihr von einer Philosophin zu sprechen, wäre nun schon etwas gewagt. Sie hatte Umgang mit der Gruppe der Kyniker aus Athen, also den *squatters* des 5. Jahrhunderts v. Chr., wobei sie besonders die Nähe des Diogenesschülers Krates suchte. Ihre Familie setzte alles daran, sie dem Einfluss des Philosophen zu entziehen, doch sie war furchtbar dickköpfig und wollte ihn unbedingt, koste es was es wolle, heiraten. Hipparcheias Vater ging sogar so weit, Krates einen Tag vor der Hochzeit noch einmal aufzusuchen und ihn zu bitten, seiner Braut die ganze Sache abspenstig zu machen. Was dieser schließlich auch versuchte: Wohl wissend wie wenig attraktiv, ja abstoßend sein Körper war, zeigte er sich ihr mitten auf der Straße vollkommen nackt. Doch Hipparcheia ließ sich nicht schockieren, ganz im Gegenteil. Sie entkleidete sich ebenfalls, und so trieben es die beiden in aller Öffentlichkeit miteinander.

Um auf eine weitere Philosophin neben dieser Hipparcheia zu treffen, müssen wir schon zweieinhalb Jahrtausende verstreichen lassen. Das 20. Jahrhundert hat nicht wenige hoch begabte und intelligente Frauen in den verschiedensten Bereichen hervorgebracht: Naturwissenschaftlerinnen, Schriftstellerinnen, Anthropologinnen, Forscherinnen, bildende Künstlerinnen, Psychologinnen und so weiter, darunter auch einige, die sich der Philosophie oder der Geschichte der Philosophie verschrieben haben. Dennoch würde ich keine von ihnen im engeren Sinne als *Philosophin* bezeichnen, weil keine von ihnen ein eigenes Denkgebäude errichtet hat. Natürlich kann man auch, mit einigem Recht, jeden Menschen, der zu eigenständigem Denken fähig ist, als Philosophen bezeichnen, angefangen bei meinem stellvertretenden Pförtner Salvatore, der dies übrigens sogar verdient hätte. Oder wir einigen uns auf eine Messlatte philosophischen Denkens, oberhalb derer wir es mit wahren Philosophen und unterhalb derer mit ganz normalen Menschen zu tun haben.

Um den Gedanken noch etwas klarer zu machen, ziehen wir doch einfach meinen eigenen Fall als Beispiel heran: Im Fernsehen kündigt man mich häufig mit folgenden Worten an: »Und nun bitte ich Sie um einen Applaus für den Philosophen Luciano De Crescenzo!« Mehr als einmal habe ich versucht, mich dagegen zu verwahren. Ich habe klargestellt, dass sich nur der Schöpfer einer philosophischen Theorie auch wirklich Philosoph nennen darf und dass ich mich selbst, mit einigem Wohlwollen, höchstens als leidenschaftlichen Freund der Philosophie bezeichnen würde. Aber es war nichts zu machen. Für die Fernsehleute bin ich ein Philosoph, Schluss aus! Einmal hatte ich im Fernsehen jedoch Gelegenheit, in einer Runde von Philosophieexperten (Emanuele Severino, Girolamo Cotroneo, Gianni Vattimo, Lucio Colletti, Sebastiano Maffettone und Carlo Augusto Viano) meine Rolle zu definieren. Ich fühlte mich nicht erhabener, so erklärte ich ihnen, als eines jener üblicherweise dreistufigen Leiterchen, die man in Bibliotheken findet und die es Interessierten ermöglichten, auch die Bücher in den oberen Regalen zu erreichen.

Ich merke jedoch, dass es an dieser Stelle dringend notwendig ist, einige Dinge genauer zu definieren. Und zwar die Fragen: Was ist Philosophie? Was bedeutet es, ein Mensch zu sein? Und vor allem, was bedeutet es, eine Frau zu sein?

Alle Dinge dieser Welt lassen sich in drei Bereiche einteilen: Erstens in jene, die man weiß. Zweitens in jene, die man nicht weiß, aber glaubt. Drittens in jene, die man weder weiß noch glaubt, aber über die man diskutiert.

Beginnen wir mit den Dingen, »die man weiß«. Ein einfaches Beispiel: Unter bestimmten Druckverhältnissen kocht Wasser bei hundert Grad. Wer das nicht glaubt, braucht nur einen Topf zu nehmen, ihn mit Wasser zu füllen, auf die Herdflamme zu stellen und zu warten, bis das Wasser kocht. Dann nimmt er ein Thermometer und misst die Temperatur des Wassers, sobald es zu sprudeln beginnt. Daraufhin wird er ausrufen: »Lieber Himmel, das sind ja tatsächlich genau hundert Grad!« So funktioniert die Naturwissenschaft.

Dann gibt es die Dinge, »die man nicht weiß, aber glaubt«. Zum Beispiel: Gibt es einen Himmel? Wo waren wir, bevor wir geboren wurden? Wenn wir ehrlich sind, müssen wir zugeben, dass niemand auch nur eine dieser

Fragen beantworten kann. Viele Menschen glauben jedoch, die Antworten zu kennen. Das ist die Religion.

Schließlich gibt es da noch »die Dinge, die man nicht weiß und auch nicht glaubt, über die man aber diskutiert«, und hier wären wir im Bereich der Philosophie, dem menschlichen Streben nach Erkenntnis, das sich genau zwischen der Naturwissenschaft und der Religion bewegt. Das wichtigste Handwerkszeug des Philosophen: der Zweifel. Daran ändert auch nichts, dass es viele gläubige Philosophen gab, wie zum Beispiel Thomas von Aquin oder den heiligen Augustinus, neben den vielen, die die Religion ablehnten, so wie der große Denker Bertrand Russel, der sogar ein Buch mit dem Titel *Warum ich kein Christ bin* veröffentlicht hat.

Das Zauberwort der Philosophie ist das Verb »sein«. Von Parmenides bis in unsere Zeit haben sich die Philosophen praktisch mit nichts anderem beschäftigt. Daher wollen wir an dieser Stelle die Frage wagen, wie sich Männer und Frauen hinsichtlich des Seins verhalten. Oder einfacher ausgedrückt: Worin unterscheiden sich Frauen und Männer – einmal abgesehen von der Tatsache, das Erstere im Sitzen und Letztere immer noch meist im Stehen pinkeln. Bleiben wir einen Augenblick bei der Tatsache, dass Frauen Kinder zur Welt bringen und sich auch, meistens jedenfalls, in den ersten Jahren vornehmlich um sie kümmern. Die Erfüllung dieser beiden praktischen Aufgaben, und die Betonung liegt hier auf »praktisch«, hat bei der Frau, mehr als beim Mann, die praktische Veranlagung gefördert, gleichzeitig aber auch die Neigung, sich metaphysischen Spekulationen hinzugeben, gar nicht erst aufkommen lassen.

Hinzu kommt natürlich auch, dass Frauen in der Vergangenheit keinerlei Möglichkeit hatten, sich geistig weiterzuentwickeln. Ihr Betätigungsfeld waren allein Küche und Schlafzimmer, und daher blieb der geistige Austausch auf das Gespräch innerhalb der Familie oder mit der Nachbarin beschränkt. Vollkommen anders die Situation heute. Genau wie der Mann steht die moderne Frau dank der zahlreichen neuen Kommunikationsmittel (Zeitungen, Radio, Fernsehen, Internet etc.) im Kontakt mit dem Rest der Welt und eignet sich im gleichen Maße Kenntnisse und Fähigkeiten an. So ist es wohl nur eine Frage der Zeit, bis auch große Philosophinnen, vielleicht zum Leidwesen der Männer, von sich reden machen werden.

IX Frauen in der Geschichte

In der Schule gewinnt man leicht den Eindruck, nur Männer hätten Geschichte geschrieben. Doch das ist nicht ganz richtig. Sieht man etwas genauer hin, erkennt man, dass auch das »zarte Geschlecht« manch einer Epoche ihren Stempel aufgedrückt hat. Nehmen wir zum Beispiel die Zeit der römischen Kaiser von Augustus bis Nero. Da gab es eine ganze Reihe von Frauen am Hof – Livia, Julia die Ältere, Julia die Jüngere, Messalina, Agrippina und Poppaea, die zu allem bereit waren, selbst zum Inzest, um die Macht zu erobern; nicht für sich selbst selbstverständlich (das wäre zu jener Zeit nicht möglich gewesen), sondern für die Männer, deren Wohl ihnen am Herzen lag (Ehemänner, Liebhaber, Söhne). Und es ist kein Zufall, dass ihr Schlachtfeld fast immer das Schlafgemach war und ganz selten nur die Aula des Senats.

Livia

Die wunderschöne, blonde Livia Drusilla heiratete mit neunzehn Jahren Kaiser Augustus und verfolgte danach nur noch ein Ziel: ihren Gatten dazu zu bringen, Tiberius, ihren Sohn aus erster Ehe mit dem alten Tiberius Claudius Nero, zu seinem Nachfolger zu bestimmen. Vor nichts schreckte sie zurück, um dieses Ziel zu erreichen. So schickte sie immer wieder schöne Jungfrauen, die sie in ihrem Sinne unterwiesen hatte, zu ihrem Gatten aufs Lager und begann einen erbarmungslosen Verleumdungsfeldzug gegen ihre Stieftochter, Julia die Ältere, und deren Tochter Julia die Jüngere, deren Liebhaber sie immer wieder beschuldigte, eine Verschwörung gegen den Kaiser angezettelt zu haben. Ob diese Beschuldigungen nun begründet waren oder nicht, war völlig unwichtig: Angesichts des freizügigen Lebenswandels der beiden oben genannten Damen wurde jeder Verleumdung ohne weiteres Glauben geschenkt. Denn beide gingen tatsächlich mit jedem ins Bett, also auch mit jeder Art machthungrigem Verräter.

Julia die Ältere

Julia die Ältere wird in den Geschichtsbüchern immer als wahnsinnige Nymphomanin dargestellt, stets unbefriedigt und auf der Jagd nach neuen Abenteuern. Dabei waren es in Wahrheit weniger die Triebe, die sie um den Verstand brachten, als das Verlangen, die First Lady des Kaiserreiches zu werden. So kroch sie auch zu ihrem Stiefbruder Tiberius ins Bett, kaum dass ihr jemand berichtete, dass dieser der aussichtsreichste Kandidat auf den Kaisertitel sei. Aber auch er, Tiberius, seien wir ehrlich, machte ihr nur deshalb den Hof, um sich in die Pole-Position im Rennen um Augustus' Nachfolge zu bringen. Tatsächlich war der Jüngling nämlich immer noch in seine erste Gattin, in die süße Vipsania Agrippina, verliebt. Die hatte er aber selbst verstoßen, natürlich aus politischen Motiven, und das obwohl die Ärmste im dritten Monat schwanger war.

Die neue Ehe von Julia der Älteren, der dritten nach jenen mit Marcellus und Agrippa, konnte an ihrem Lebenswandel aber überhaupt nichts ändern: Sie vernaschte praktisch jeden Patrizier, der ihr über den Weg lief, so zum Beispiel Quinctius Crispinus, Sempronius Gracchus, Cornelius Scipio, Claudius Pulcher und Iulius Antonius. Damals gab es, leider?, noch keine Paparazzi, sonst wäre ich heute in der Lage, meine Behauptungen mit umfangreichem Fotomaterial zu belegen. Seneca sagte über Julia die Ältere, sie praktiziere den Ehebruch, als habe sie es der Göttin Venus gelobt.

Der Leidtragende dieses Kommens und Gehens von Liebhabern war aber der arme Ovid. Was sich tatsächlich zwischen ihm und Julia der Älteren abspielte, ist nie ganz geklärt worden. Dass aber Sex im Spiel war, darf als gesichert gelten. Manche berichten, Augustus selbst habe die Ehebrecher in flagranti ertappt, andere wollen wissen, es sei umgekehrt gewesen, nämlich Ovid habe den Kaiser dabei überrascht, wie er im Bett seiner Tochter dem Laster frönte. Sicher ist aber, dass tags darauf schon alle beide auf dem Weg ins Exil waren: Julia die Ältere nach Pandataria und Ovid nach Tomi, einer gottverlassenen Insel im Schwarzen Meer.

Zu der Angelegenheit befragt, räumt der Dichter ein, zumindest zwei Fehler begangen zu haben, oder, wie er wörtlich sagt, ein *carmen* und ein *error*. Was er mit Ersterem meint, ist nicht schwer zu erraten: seine *Ars amatoria*. Die Veröffentlichung dieser Anleitung zur Liebeskunst muss damals tatsächlich wie ein Schlag ins Gesicht aller so genannten anständigen Bürger gewirkt haben. Da war es auch kein Wunder, dass er sich dadurch den Zorn eines solchen Frömmlers, wie Augustus einer war, zuzog. Hinsichtlich des *errors* jedoch sind alle Vermutungen möglich, und

Ovid selbst spielt auf eine an, wenn er in der Verbannung in seinen *Tristia* schreibt:

> *Weshalb sah ich etwas? Warum wurde ich schuldig*
> *durch Blicke?*
> *Weshalb war ich der Tor, der die Verfehlung erkannte?*
> *Nackt, nichts ahnend, erblickte Actaeon die Göttin*
> *Diana,*
> *und wurde dafür von den Hunden zerrissen!*
> (Ovid, *Tristia*, II, 105 ff.)

Wenn man es sich genauer überlegt, könnte man aus dieser Geschichte einen netten Film des *Sliding-Doors*-Genres machen: Irgendein armer Hund irrt in den Fluren eines Kaiserpalastes umher, öffnet zufällig die falsche Tür und erblickt das, was er niemals hätte erblicken dürfen, wodurch schlagartig sein ganzes Leben aus dem Gleis kommt.

Julia die Jüngere

Julia, die schöne Enkelin des Augustus und Tochter von Marcus Agrippa, stand ihrer Frau Mama in Sachen Seitensprünge in nichts nach. Schon mit sechzehn Jahren verführte sie der Reihe nach die höchsten Vertreter der römischen Aristokratie. Irgendwann hatte der Kaiser von ihren Affären die Nase gestrichen voll. Verzweifelt soll er, wie Zeugen berichten, ausgerufen haben: »Ach, wie gut könnte es mir gehen, hätte ich keine Tochter und keine Enkelin!«

Genauere Berechnungen ergaben, dass die jüngere Julia mit der Anzahl ihrer Liebhaber ihre Mutter sogar noch übertraf. Dennoch hätte Augustus ihr vielleicht vergeben,

wäre sie nicht auch mit einem gewissen D. Iunius Silanus
ins Bett gegangen, einem früheren Konsul, der verdächtigt
wurde, eine Verschwörung gegen den Kaiser zu planen. Ob
dies wirklich der Wahrheit entsprach, sei dahingestellt.
Tatsache ist, dass man die jüngere Julia auf die Insel Trime-
rus (heute Tremiti-Inseln) vor Apulien verbannte. Ihr Liebhaber aber wurde gefoltert und hingerichtet.

Messalina

Im Sabatini-Colletti-Lexikon liest man unter dem Stich-
wort Messalina: »Verdorbene Frau, ohne Moral, deren Leben im Zeichen von Ausschweifungen stand.« Und auch
im Zingarelli-Lexikon kommt man ihr gegenüber, auch
wenn die Empörung gemäßigter ausfällt, zu keiner positi-
ven Einschätzung. Die Dame hat einfach keine gute Presse,
und niemand käme heute auf die Idee, seine Tochter Messalina zu nennen. Seltsam nur, dass die Namen Livia und
Julia durchaus gebräuchlich sind. Denn Messalina war keineswegs verdorbener als jene beiden. Mit Sicherheit war
sie sogar aufrechter und ehrlicher, hatte sie doch tatsächlich Spaß am Sex und missbrauchte ihn nicht nur, um po-
litische Ziele zu erreichen.

Messalina heiratete Kaiser Claudius, in intellektueller
Hinsicht wirklich der Beste von allen, in ästhetischer Hinsicht aber leider einer der Letzten. Claudius war ein fetter
Mann mit dürren Beinchen, der stotterte und sich nicht gerade halten konnte. Mit anderen Worten: Er war alles andere als ein Latin Lover. So einigten sich die beiden Ehe-
leute auf ein Abkommen: Sie besorgte ihm die süßesten
Sklavinnen, und er befahl seinen Soldaten, seine Gattin im
wahrsten Sinne des Wortes zu »besteigen«. Probleme gab

es erst, als Messalina über die Stränge zu schlagen begann. Solange sie sich nur in ihrem eigenen Schlafgemach verwöhnen ließ, war alles in Ordnung. Aber dann verliebte sie sich eines Tages in einen gewissen Silius, den schönsten Mann Roms. Und als ihr Gatte wieder einmal auf einem seiner zahlreichen Kriegszüge im Ausland weilte, nutzte sie die Gelegenheit und heiratete den Schönling ganz regulär in einer öffentlichen Zeremonie. O das hätte sie nicht tun sollen. Claudius, dem die Sache zu Ohren kam, kehrte wutentbrannt nach Rom zurück und schickte alle beide in den Tod. Silius wurde gefoltert und hingerichtet, Messalina, in den Armen ihrer Mutter, erdolcht.

Agrippina

Agrippina war praktisch eine Kopie von Livia. Ebenso wie diese setzte sie alles daran, um ihren Sohn, hier Nero, zum Kaiser zu machen. Allerdings war dies auch das höchste Ziel, das sich eine römische Mutter im 1. Jahrhundert n. Chr. setzen konnte. Eine Frau selbst wäre ja von den Römern niemals als Staatsoberhaupt anerkannt worden. So blieb einer Frau, die ganz nach oben strebte, keine andere Möglichkeit, als auf die Stellung einer Kaisermutter oder -gattin hinzuarbeiten. Und Agrippina gelang es sogar, beides zu werden. Denn sie war nicht nur die Mutter Neros, sondern auch die fünfte Gattin von Kaiser Claudius. Die große Liebe zu ihrem Sohn Nero wurde ihr allerdings von diesem schlecht gedankt. Denn Nero war es, der sie von einem Meuchelmörder umbringen ließ. Warum? Nun, irgendjemand hatte dem guten Nero gesteckt, die Frau Mama zettele eine Verschwörung gegen ihn an, um den legitimen Thronerben Britannicus, Sohn des Claudius, an die Macht zu bringen, und das reichte ihm schon, um sie in den Tod zu schicken. Zunächst versuchte er, sie mit einem Pilzgericht zu vergiften, und als dies misslang, ließ er sie von einem seiner Männer während einer Schiffsreise kurzerhand ins Wasser werfen. Aber auch diesen Anschlag überlebte Agrippina; schwimmend konnte sie sich ans Ufer retten. Nur leider wartete dort schon ein Prätorianer auf sie, der ihr einen Dolchstoß in den Unterleib versetzte. Ihre letzten Worte sollen gewesen sein: »Du triffst den Leib, der Nero gebar.« Man bedenke, dass sie sich noch wenige Jahre zuvor nicht zu schade gewesen war, sich dem Sohn als Geliebte anzubieten, um ihn dazu zu bringen, bei Octavia zu bleiben und sich von der schamlosen Poppaea fern zu halten!

Poppaea

Über Poppaea wissen wir eigentlich nicht sehr viel, außer dass sie mit Vorliebe in Eselsmilch badete und im Jahr 65 n. Chr. starb. Und zwar durch einen Tritt in den Unterleib, den Nero ihr verpasste, als sie ein Kind von ihm erwartete. Böse Zungen behaupten, sie habe ein ganzes Jahrzehnt die Politik in Rom diktiert. Zunächst zwang sie Nero, sich von seiner Gattin Octavia zu trennen. Aber das reichte ihr noch nicht. Sie fühlte sich erst sicher, nachdem sie Octavia auch noch hatte umbringen lassen. Kurzum, sie verhielt sich mehr oder weniger so wie die anderen Damen am Kaiserhof vor ihr. Nero ließ sie gewähren, und wenn er ihre Eskapaden nicht mehr ertragen konnte, stellte er sich einfach wahnsinnig.

Intermezzo
Verführt und Verlassen

Sind es häufiger Männer oder Frauen, die verführt und dann sitzen gelassen werden? Ich denke, das hängt vom Alter ab: Unter zwanzig gibt es wohl mehr verlassene Männer (oder Jungen), über vierzig aber eindeutig mehr verlassene Frauen. Für Jungen ist die Pubertät ja wirklich eine schwierige Zeit. Während sechzehnjährige Mädchen schon Frauen sind und daher nicht nur von Gleichaltrigen, sondern auch von Erwachsenen hofiert werden, sind Burschen in diesem Alter weder Fisch noch Fleisch: Sie kämpfen mit ihren Pickeln, schreiben Gedichte und masturbieren in Gedanken an ihre Mitschülerinnen. Ist dieser Lebensabschnitt aber erst einmal überwunden, kehren sich die Rollen um: Nun sind es immer häufiger Frauen, die leiden, und ihre Angst vor dem Alleinsein wächst. Vielleicht liegt es daran, dass die Schönheit früher aus dem weiblichen als aus dem männlichen Gesicht schwindet. Tatsache ist aber auch, dass viele Männer ihre Frauen eines Tages einfach satt haben und sie gegen ein jüngeres Modell austauschen. Außerdem sind in manchen Ländern die finanziellen Folgen einer Trennung für einen Mann immer noch einfacher zu verkraften als für eine Frau. Fest steht jedenfalls, dass man ab einem gewissen Alter viel eher auf eine Frau trifft, die sich aus Liebeskummer die Augen ausweint, als auf einen Mann, der sich die Haare rauft, weil seine Angebetete ihn gerade verlassen hat. Würden wir jedoch zu diesem Thema eine Umfrage machen, kämen wir mit Sicherheit zu einem anderen Ergebnis. Denn fast jeder, egal ob Mann oder Frau, würde mit vollkommen reinem Gewissen erklären, er habe im Leben schon sehr viel mehr selbst erlitten als andere leiden lassen. Schläge, die anderen verpasst werden, sind ja schnell vergessen, aber das, was man selbst einstecken musste, bleibt über Jahre, manchmal Jahrzehnte in Erinnerung. Ich jedenfalls weiß noch wie heute, was ich damals auf dem Jacopo-Sannazaro-Gymnasium in Neapel wegen einer gewissen Gisella Castellini gelitten habe, einem sechzehnjährigen Mädchen ohne Skrupel und von zweifelhaften Moralvorstellungen.

In Film, Theater und Literatur gab es jedoch schon immer viel mehr verführte und verlassene Frauen als an Liebeskummer leidende Vertreter des stärkeren Geschlechts. Weitaus zahlreicher sind da die Frauen, die wie Madame Butterfly den Horizont nach einem Rauchwölkchen absuchen, als Männer wie Humbert Humbert, die Hauptfigur aus *Lolita*, die wegen einer nicht erwiderten Liebe schlaflose Nächte verbringen. In der griechischen Mythologie ist es sogar fast an der Tagesordnung, dass eine Schöne verführt und dann schmählich sitzen gelassen wird. Die einzelnen Geschichten unterscheiden sich da gar nicht so sehr. In groben Zügen entwickelt sich das Drama folgendermaßen: Er erblickt sie, findet Gefallen an ihr, schwört ihr ewige Liebe, nimmt sie und verschwindet auf Nimmerwiedersehen, was die Hintergangene aber nicht begreifen kann. Und so wartet sie auf ihn, Monat um Monat, wenn nicht sogar Jahr um Jahr. Erst wenn ihr dann doch irgendwann klar wird, dass sich der Geliebte für immer aus dem Staub gemacht hat, beginnt sie, ihm Verwünschungen nachzuschicken. Wir haben eine Ariadne, die Theseus verflucht, eine Phyllis, die mit Demophon hadert, eine Oinone, die auf Paris schimpft, und viele getäuschte Frauen mehr.

So entstanden die *Heroides*, also jene Briefe, die verlassene Heldinnen aus der griechischen Mythologie an ihre jeweiligen Helden schrieben, natürlich unter dem Vorbehalt, dass die Heldinnen überhaupt schreiben und die Helden lesen konnten. Zum besseren Verständnis habe ich die Briefe etwas überarbeitet und jedem einzelnen die Vorgeschichte vorangestellt. Erwähnen sollte ich vielleicht noch, dass die Briefe eigentlich aus Ovids Feder stammen. Aber deswegen sind sie nicht weniger wahr: Wenn überhaupt ein Dichter auf Erden die Frauen verstanden hat, dann Ovid. Sowohl in der *Ars amatoria* als auch in den *Heroides* gelang es ihm derart, sich in die weibliche Seele einzufühlen, dass er schließlich selbst zum Verführten und Verlassenen wurde. Wäre er in Frankreich zu Beginn des 19. Jahrhunderts geboren, hätte er mit Sicherheit ausgerufen: »Madame Bovary – c'est moi.« Man lese und glaube.

Adriadne und Theseus

Das ganze Unglück begann damit, dass Pasiphaë, während sie auf Kreta mit ihrem Gatten im Bett lag, ein ungeschickter Satz herausrutschte.

»Mein lieber Minos«, sagte sie zu ihm, »sei mir nicht böse, aber heute Abend habe ich wirklich keine Lust. Ja wenn du es genau wissen willst, eigentlich habe ich nie Lust. Denn Sex bedeutet mir überhaupt nichts. Gut und gern könnte ich darauf verzichten!«

Das hätte sie besser nicht gesagt. Denn damit traf sie Aphrodite an ihrem wundesten Punkt, und die Göttin der Liebe beschloss augenblicklich, sich dafür zu rächen. So verwandelte sie Pasiphaë in eine hemmungslose Nymphomanin und sorgte dafür, dass kein Mann zwischen sechzehn und sechzig am Königspalast vorbeikam, ohne den Avancen der Königin zum Opfer zu fallen. Von den Würdenträgern des Hofes bis zur Palastwache, von den Freunden des Gatten bis zu den Dienern und Gärtnern, alle hatten der Unersättlichen zu Willen zu sein. Minos war der Verzweiflung nahe. Was sollte er bloß tun? Wen sollte er um Hilfe bitten? Er beschloss, seine Gattin auf einen verlassenen Teil der Insel umzusiedeln und sie nur noch mit Menschen weiblichen Geschlechts zu umgeben. Aber auch diese Abschottung war erfolglos: Denn die arme Pasiphaë verliebte sich in einen Stier, den sie bei einem Spaziergang auf irgendeiner Weide entdeckte.

»Dieses Tier hat wirklich eine tolle Ausstrahlung«, meinte sie, an eine ihrer Mägde gewandt, um sogleich hinzuzufügen: »Wir sollten öfter mal hierher kommen.«

Doch Pasiphaës Interesse wurde nicht erwidert.

Verständlicherweise stand dem Stier der Sinn vielmehr nach wohlgeformten Kühen, und der Königin konnte man ja eine Menge nachsagen, nur nicht, dass sie eine Kuh war – auch wenn ihre Moralvorstellungen einiges zu wünschen übrig ließen. Was tat Pasiphaë nun? Sie wandte sich an den Hofarchitekten Daidalos und ließ sich von ihm eine Statue in Form einer Kuh bauen und kroch hinein. Um mehr darüber zu erfahren, sei dem Leser ein Besuch im Palazzo Te in Mantua empfohlen, wo eine Zeichnung zum Thema von Giulio Romano zu sehen ist, oder die Lektüre von Apollodors *Mythologischer Bibliothek*. In Kapitel III berichtet der Gelehrte:

> *Pasiphaë verliebte sich in das Tier, und um sich ihm zu nähern, bat sie einen gewissen Daidalos, einen Baumeister, der nach einem Mord aus Athen geflohen, um Hilfe. Der fertigte nun eine hölzerne Kuh auf Rädern, machte sie inwendig hohl, zog einer Kuh die Haut ab, nähte dieselbe über die nachgebildete, stellte diese sodann auf die Aue, wo der Stier zu weiden gewohnt war, und steckte die Pasiphaë hinein.*
>
> (Apollodor, Mythologische Bibliothek, III, 1, 4)

Aus diesem ungeheuerlichen Liebesakt konnte wohl nichts anderes als ein Ungeheuer entstehen, und tatsächlich brachte Pasiphaë ein entsetzliches Wesen zur Welt, den so genannten Minotaurus. Plutarch zufolge handelte es sich um »...ein missgestaltetes Tier, gemischt aus zwei Gestalten aus einem Stier und halb aus einem Mann gebildet.« *(Plutarch, Lebensbeschreibungen, Theseus, 15)*

Es gab einen Riesenskandal. Die Kreter verhöhnten den armen Minos, und um ihn daran zu erinnern, dass ihn seine Gattin mit einem Stier betrogen hatte, zeigten sie ihm bei jeder Gelegenheit das Hörnerzeichen (das von diesem Tage an zum Symbol für Ehebruch wurde). Am liebsten hätte Minos den Minotaurus ja irgendwie beseitigt, aber das brachte er nicht über sich: Immerhin handelte es sich bei dem Ungeheuer um seinen Stiefsohn. So beschloss er, ihn den Blicken der Menschen zu entziehen und in ein Gefängnis zu sperren, das gleichzeitig komfortabel und ausbruchsicher sein sollte. Wieder war es Daidalos, der mit den Baumaßnahmen beauftragt wurde. Und der Architekt schuf einen Gebäudekomplex, in der Folgezeit Labyrinth genannt, der zwar leicht zu betreten, aber unmöglich zu verlassen war. Schließlich sorgte sich Minos auch noch um die Verköstigung des Luxusgefangenen und befahl, dass jede Stadt in seinem Herrschaftsbereich alle neun Jahre vierzehn junge Leute zum Verzehr bereitzustellen habe, sieben Jungen und Mädchen.

Nun machen wir erst einmal einen Schwenk nach Athen zu König Aigeus. Der Herrscher war verzweifelt. Er wollte sich einfach nicht damit abfinden, dass er sieben Jungen und sieben Mädchen aus den ruhmreichsten Athener Familien auszuwählen hatte, um sie diesem von der schamlosen Pasiphaë zur Welt gebrachten Ungeheuer als Abendessen zu verabreichen. Und so fasste er den Entschluss, sich gegen den Befehl aus Kreta aufzulehnen und seinen

Sohn Theseus in die Opfergruppe für Kreta einzuschmuggeln. Dieser war damals schon ein für seinen Mut und seine Körperkräfte berühmter Held, der im zarten Alter von sieben Jahren bereits einen Löwen mit bloßen Händen erwürgt hatte.

»O mein lieber Sohn«, sprach er zu ihm, »ziehe nach Kreta und töte den Minotaurus. Und wenn du dann nach erfolgreicher Mission nach Athen zurückkehrst, so setze vor dem Einlaufen die weißen Segel, damit ich schon von Weitem erkennen kann, dass du als Sieger zu mir zurückkommst.«

Als Theseus nun in Kreta an Land ging, erblickte ihn Ariadne, die Tochter von Pasiphaë und Minos, und verliebte sich auf der Stelle in ihn. Wie gewonnen, so zerronnen, denn schließlich sollte Theseus dem Minotaurus zum Fraß vorgeworfen werden. Da kam ihr eine Idee. Sie passte Theseus vor dem Labyrintheingang ab und gab ihm den berühmten »Ariadnefaden«.

»Höre, o Theseus«, sprach sie zu ihm, »auch wenn es dir gelingen sollte, den Minotaurus zu töten, bist du noch nicht gerettet. Denn das Labyrinth hält dich gefangen. Allein mit diesem Wollknäuel könnte es dir gelingen, wieder hinauszufinden. Befestige ein Ende am Eingang und rolle es ab, wenn du dich in die Gänge vorwagst. Hast du dann das Ungeheuer beseitigt, so folge dem Faden zurück, und du wirst den Ausgang finden. Doch eins musst du mir zuvor schwören: Nimm mich mit nach Athen, und mache mich dort zu deiner Frau!«

Theseus versprach es, betrat das Labyrinth, erlegte den Minotaurus und fand mithilfe des Ariadnefadens zum Ausgang zurück. Dann eilte er zum Hafen, um sich auf den Heimweg zu machen. Doch wer stand schon, mit dem Köfferchen in der Hand, wartend bei den Schiffen? Natürlich

Ariadne. Der Held war verwirrt. Ach ja, das Mädchen, das hatte er vollkommen vergessen. Doch im Moment blieb ihm nichts anderes übrig, als sie mitzunehmen, obwohl in Athen schon eine andere Frau auf ihn wartete, eine gewisse Aigle.

Aber Ariadne war eben furchtbar verliebt. Sie war kaum an Bord, da umarmte sie Theseus leidenschaftlich und überhäufte ihn mit Küssen. Vergeblich versuchte der Held, sie zu beruhigen: »Ariadne, reiß dich bitte zusammen. Was sollen denn die Matrosen denken?!«

Aber Ariadne konnte sich nicht beherrschen. Und zurückziehen konnten sich die beiden auch nicht, da es damals auf den griechischen Schiffen noch keine Kabinen gab, sodass gewisse Gefühlsäußerungen eben vor aller Augen geschahen. Und so fuhren sie übers Meer, bis in der Ferne eine Insel mit üppiger Vegetation auftauchte: Naxos.

»Was hältst du davon, wenn wir an Land gehen«, schlug Theseus Ariadne vor. »Dort können wir uns ein wenig von den anderen absondern.«

Ariadne war sofort Feuer und Flamme, und so gingen die beiden von Bord und liebten sich auf einer Wiese. Danach aber wartete Theseus, bis das Mädchen ermattet eingeschlafen war, schlich sich ganz leise davon, bestieg sein Schiff und stach in See.

Als Ariadne die Augen aufschlug, stellte sie fest, dass sie allein war. Theseus hatte sie schmählich im Stich gelassen. Und so schickte sie dem Helden einen bösen Fluch hinterher, der nicht ohne Folgen bleiben sollte. Er bewirkte nämlich, dass Theseus vergaß, bei der Ankunft in Athen die schwarzen Segel einzuholen und die weißen zu setzen. Und so kam es, dass König Aigeus, als er die schwarzen Segel herannahen sah, glaubte, der Minotaurus habe seinen Sohn verspeist. Der Schmerz war so groß, dass er sich von einer Klippe des Kap Sunion hinabstürzte, in jenes Meer, das seither seinen Namen trägt.

Im Folgenden nun der Brief, den Ariadne, Ovid zufolge, an ihren untreuen Theseus schrieb.

Von Ariadne an Theseus

O verfluchter Theseus,
jene Frau, die du unter wilden Tieren zurückgelassen, lebt
noch. Doch was fürchte ich? Keine Bestien können grau-
samer sein als du. Und wären sie es, so sollte man dennoch
den Tieren mehr vertrauen als einem Mann wie dir. Einem
Mann, der gar noch lügt, wenn er sich mit jemandem ver-
eint. So lies diesen Brief. Ich sende ihn dir von jenem Ge-
stade, an dem du mich, meinen Schlummer ausnutzend,
meinem Schicksal überließest.
Es war die Stunde, da Tau die Erde überzieht und die Vögel
ihre Liebeslieder anstimmen. Nur teilweise wach, noch halb
in der Benommenheit des Schlafes, richtete ich mich mit ge-
schlossenen Augen auf und suchte tastend nach dir. Doch
da war niemand. Ich zog die Hände zurück, und noch ein-
mal griff ich auf dem Lager nach dir – umsonst! Furcht ver-
scheuchte den Schlaf, und erschrocken richtete ich mich
ganz auf. Doch da war niemand. Dich suchend, lief ich hier-
hin und dorthin. Doch du warst fort. Mondschein war, und
ich spähte umher, ob außer dem leeren Strand etwas mei-
nem Blicke sich böte. Doch nichts war zu sehen. Wieder lief
ich umher, und meine Füße wurden müde vom tiefen Sand.
Doch ich fand dich nicht. Immer wieder rief ich nach dir:
»Theseus... Theseus... Theseus...!« Nichts – nur das Echo,
das meine Worte zurückwarf. Von allen Seiten riefen die
Berge deinen Namen, um mir zu helfen.

So erreichte ich eine von dürren Büschen bestandene Klippe, kletterte hinauf, um weit übers Meer zu blicken, und, tatsächlich, in der Abenddämmerung erspähte ich die geblähten Segel, die dich fortführten, fort von mir. Vielleicht täuschte ich mich auch und glaubte nur, sie zu sehen: »O du ruchloser Theseus«, rief ich, »wohin fliehst du?« Aber du hörtest mich nicht. Nun wand ich ein weißes Tuch um einen Stock und winkte dir. Doch längst entschwunden warst du meinen Blicken. Ich warf zu Boden mich nieder und beweinte lange mein grausames Schicksal. Schließlich kehrte ich zu der Lichtung zurück, wo wir eben noch lagen, in Liebe vereint, und dort berührte ich, was allein mir noch vergönnt – deine Spuren im Gras und das Lager, das warm von deinem Körper noch war.

Die Insel ist wüst und leer. Kein Mensch ist zu sehen, kein Vieh auf der Weide, kein Acker ist bestellt. Rings umgürtet das Meer dieses Land – doch nirgends ein Schiffer, nirgends ein Schiff, das den gefährlichen Weg wagen würde übers Meer. Doch selbst wenn ich ein Schiff hätte und Gefährten und günstige Winde: Wo sollte ich hin? Verwehrt ist mir die Heimat. Mein eigener Vater würde mich nicht aufnehmen an dem Ort, wo ich geboren bin. Wohin ich auch komme, überall bin ich verbannt. Und das ist recht. Denn verraten habe ich mein Volk. Um dein Leben zu retten, gab ich dir den Faden, der dich aus dem Labyrinth befreite. Doch heute frage ich dich: Warum hast du nicht auch mich wie meinen Halbbruder getötet? Meinem Leid wäre schon ein Ende gesetzt. Nun muss ich warten, bis sich ein ausgehungerter Löwe oder Bär meiner erbarmt und mich von meinem Kummer erlöst.

O grausamer Schlaf, warum hast du so fest mich in Fesseln geschlagen? Und warum ließest du mich nicht für immer, da du mich nicht zur rechten Zeit wecktest, in deinem

Reich? O grausamer Wind, der du Theseus' Schiff fort-
trugst von mir! O grausamer Verräter, der meinen Bruder
getötet! Diese drei waren es, die sich gegen mich verschwo-
ren: der Schlaf, der Wind, der Wortbrüchige.

Ariadne, Tochter des Minos

Schluss

Doch anders, als man erwarten würde, erging es Ariadne
im weiteren Verlauf gar nicht so schlecht. Als sie so über
die Insel streifte, begegnete sie dem Gott Dionysos (Bac-
chus für die Römer), der ihr sogleich den Hof machte. Ob
sie nun verzweifelt war oder sich einfach nur an Theseus
rächen wollte, jedenfalls fackelte das Mädchen nicht lange,
verlobte sich mit dem Gott und feierte von nun an kräftig mit bei den wilden Orgien, für die Dionysos berühmt
war und die als Bacchanalien in die Geschichte eingin-
gen. Obligatorisches Getränk bei diesen Festen war der
Wein, den der Gott erfunden hatte und von dem alle bis
zur Besinnungslosigkeit tranken. Nicht zufällig wurden die
Bacchanten auch Mänaden genannt, das heißt, »besessene
Frauen«.

Der Seher Teiresias, dem man einmal vorwarf, trotz
seines hohen Alters an solchen Festen teilgenommen zu
haben, erklärte zu seiner Verteidigung: »Beim Tanzen und
Trinken ist Dionysos nicht kleinlich. Keinen Unterschied
macht er da zwischen Jung und Alt, Arm und Reich, Mann
oder Frau. Er verlangt nur, dass man ihn ehrt. Und ehren
lässt er sich nur, indem man auf sein Wohl trinkt und der
Wollust frönt, bis man den Verstand verliert. Hoch lebe der
Wein und die Liebe, die jeden Schmerz vertreiben.«

Im Jahre 186 v. Chr. wurden die Bacchanalien aus moralischen Gründen in der gesamten antiken Welt verboten. Heute aber scheinen sie wieder in Mode zu kommen, unter dem Namen »Rave Partys«. Auch hier tanzen und saufen sich die jungen Leute in Ekstase, kräftig unterstützt von der passenden Pille, Ecstasy nämlich, die das Bewusstsein ausschaltet. Die Partyteilnehmer sollen sich dabei sogar, aber da bin ich mir nicht so sicher, in Gruppen der körperlichen Liebe hingeben, was allerdings nicht nur negativ zu bewerten wäre, würde es doch dem einen oder anderen eine willkommene Gelegenheit bieten, endlich mal ein wenig zu schlafen...

Hero und Leander

In der gesamten griechischen Mythologie gibt es wohl keine dramatischere Liebesgeschichte als die von Hero und Leander.

Hero war eine Priesterin der Aphrodite in der Stadt Sestos am nördlichen Ufer des Hellespont (heute Meeresstraße der Dardanellen), Leander ein viel versprechender junger Mann, der in Abydos, am südlichen Ufer ebenjener Meeresstraße lebte. Praktisch waren die beiden durch drei Kilometer Meer getrennt: gerade genug also, um sich niemals über den Weg zu laufen. Doch was hatte das Schicksal im Sinn? Klar, es führte die beiden zusammen, und zwar anlässlich eines religiösen Festes, an dem sie beide teilnahmen. Leander hatte sich noch kaum vorgestellt, da war er schon in die schöne Hero verliebt. Leider konnte er keinen Annäherungsversuch wagen, denn die Priesterinnen der Aphrodite waren damals in gewissem Sinne die Nonnen des Altertums: Sie hatten nämlich alle ein Keuschheitsgelübde abgelegt. Ja es klingt unglaublich, aber diese Dienerinnen der Venus priesen die körperliche Liebe in all ihren Formen, und ihnen selbst blieb sie für immer versagt. Und so konnte auch die arme Hero, die ihrerseits in Leander verliebt war, nichts anderes tun, als mit offenen Augen von ihm zu träumen.

Der Jüngling war aber nun keineswegs gewillt, sich von diesen kleinen Hindernissen entmutigen zu lassen, und schwamm jede Nacht, wenn ihn keine neugierigen Blicke beobachten konnten, zu seiner Geliebten am anderen Ufer hinüber. Natürlich war es kein Kinderspiel, schwimmend diese drei Kilometer Hin- und drei Kilometer Rückweg zu bewältigen, aber wenn man jung und vor allem verliebt ist, ist man zu solchen und sogar noch größeren Taten fähig. Da es zu jener Zeit in Sestos noch keinen Leuchtturm oder andere Signallichter gab, stieg Hero, sobald die Dämmerung heraufzog, auf einen Turm und wies ihrem Geliebten von dort aus mit einer Fackel den Weg.

Stellen wir uns nun vor, wie Leander des Nachts durch die Meeresstraße zu seiner Geliebten schwimmt: Sein Körper liegt ruhig im Wasser, während seine Arme wie Flügelräder rotieren; hin und wieder hebt er den Blick, um sich zu vergewissern, dass er noch auf Kurs liegt, und jedes Mal schickt er dabei einen Gedanken der Liebe an Hero voraus. »Ich komme, Geliebte. Gleich bin ich bei dir. Wie sehne ich mich, dich in die Arme zu schließen!«

Eines Nachts aber tobte ein fürchterliches Unwetter. Der Sturm löschte Heros Fackel, und Leander schaffte es nicht, das andere Ufer zu erreichen. Am nächsten Morgen fand Hero ihn leblos am Strand. Er war in den Fluten ertrunken und dann an Land gespült worden. Ohne zu zögern stieg das arme Mädchen auf ihren Turm und stürzte sich kopfüber in die Tiefe. Direkt neben ihrem Geliebten schlug sie auf und verstarb bei ihm. Ende der tragischen Geschichte.

Zu dieser unglücklichen Liebe sind uns zwei Briefe erhalten: einer von Leander und einer von Hero. Beim Lesen wird einem sofort klar, dass die beiden Liebenden einen großen Feind hatten: das Warten. Das Warten ist der eigentliche Protagonist dieses Mythos. Offenbar hatte

Leander in der Nacht, als die beiden Briefe entstanden, wegen schlechten Wetters nicht zu ihr schwimmen können, und sie hatte vergeblich bis zum ersten Licht des neuen Tages auf ihn gewartet. Nur wer in seinem Leben wirklich geliebt hat, weiß, was Warten bedeutet, und diese beiden Briefe belegen es. Auf welchem Wege sie schließlich an ihr Ziel gelangten, wird wohl für immer ein Rätsel bleiben. Zumal es ja damals noch keine Post gab. Und noch nicht einmal mit der kommen alle Briefe an.

Von Leander an Hero

O süßes Mädchen aus Sestos,
dein Geliebter aus Abydos sendet dir den Gruß, den er dir ach so gerne persönlich gebracht hätte. Doch zu stürmisch ist das Meer. Die Götter zürnen mir und gestatten mir nicht, so wie sonst durch die Wellen zu dir zu eilen. Du siehst ja selbst, schwärzer als Pech ist der Himmel, es türmen die Wogen sich, und kein Schiff kann jetzt durchfurchen die Flut. Nur dieser Schiffer allein, von dem du den Brief wirst erhalten, hat es mutig gewagt, jetzt aus dem Hafen zu gehen. Ich wär aufs Schiff ihm gefolgt, wäre nicht beim Lichten des Ankers ganz Abydos zugleich zu diesem Schauspiel geeilt. Auch vor meinen Eltern hätte ich mich nicht länger verbergen können, und um unser süßes Geheimnis wäre es geschehen gewesen.
Als ich nun fertig mit Schreiben, da führte ich den Brief an die Lippen und murmelte: »Geh auf die Reise, o lieber Brief, geh auf die Reise, und noch heute wird ihre zarte Hand dich halten, berühren werden dich ihre roten Lippen, um das rote Siegel zu brechen. Ach, wie gerne wäre ich dann an deiner Stelle!«

Die Götter jedoch wollen mich prüfen, ist es doch schon die siebte Nacht, da der Sturm mich hindert, zu dir zu schwimmen. Von einem Felsen aus sehe ich jetzt traurig nach dem Gestade, wo mein Liebe wohnt, und stelle mir vor, wie sie bangen Herzens auf mich wartet. Ja, ich sehe sogar hoch vom Turm die brennende Fackel, glaube zumindest, dass ich mit meinen Augen sie seh. Dreimal legte ich ab im trockenen Sand meine Kleider, dreimal versuchte ich nackt, doch den Weg zu dir zu vollenden. Doch das tosende Meer stand meinen Plänen entgegen, und die Flut trieb mich immer wieder zurück.

»O ungnädiger Boreas«, rief ich, »wisse, nicht gegen das Meer führst du deine unbarmherzigen Schläge, sondern gegen mich. Hab Mitleid, ich bitte dich, mit einer leidenden Seele: Sende mir eine leichte Brise, die mich dorthin trägt, wohin mein Herz verlangt. O was gäbe ich darum, würde Daidalos mir nur für eine Nacht seine Flügel leihen.«

Und während ich so seufzend am Strand auf und ab ging, erlebte ich im Geiste noch einmal die schönsten Momente unserer geheimen Liebe. Ich dachte daran, wie ich zum ersten Male zu dir schwamm. Es waren die ersten Stunden der Nacht, und noch hatte ich das andere Ufer nicht erreicht, ich war erschöpft und winkte lange, um dich auf mich aufmerksam zu machen. Aber nichts, keine Stimme, kein Geräusch, nur das Plätschern der Wellen drang an mein Ohr. Dann mit einem Male erblickte ich das Licht deiner Fackel. »Da ist sie, meine Flamme!«, rief ich, »da ist sie, meine übergroße Liebe!«, und plötzlich erwuchsen mir neue Kräfte, und die Wellen kamen mir sanfter vor. Endlich kletterte ich ans Ufer. Der Mond, als wolle er mir zu Hilfe kommen, schenkte mir sein zitterndes Licht.

»O Selene, du strahlende Göttin«, wandte ich mich an das Himmelsgestirn, »wende deinen Blick meiner geliebten Hero zu. Du, die du einmal vom Himmel hinabstiegst, um einen Sterblichen zu beglücken, wisse, dass auch meine Geliebte einer Göttin gleicht. Ihre Schönheit ist ohne Beispiel. Allein dein Gesicht und das der Aphrodite kommen dem ihren an Liebreiz gleich: So wie die Sterne weniger hell scheinen, wenn du dich zeigst, so verblassen auch alle anderen Frauen neben ihr.«

O meine geliebte Hero, du nahmst mich auf in deinen warmen Armen, und wir küssten uns tausendmal. Was dann geschah, weiß nur die Nacht und der Turm und wir beide. Doch schon wollte die Nacht vor Trithons Gemahlin, der ungnädigen Aurora, entfliehen. Ach, da küssten wir uns noch einmal von Eile getrieben und klagten, wie kurz die Nacht uns doch beschieden nur war.

Dein Leander

Von Hero an Leander

O meine große Liebe,
ich bitte dich, komm zu mir und bring mir selbst all die Liebe, von der dein Brief erfüllt ist. Wisse, unerträglich ist es mir, dich nicht bei mir zu haben, und auch wenn uns beide dasselbe Feuer der Liebe verzehrt, können wir ihm doch nicht mit gleichen Kräften standhalten. Denn der Männer Natur ist mit mehr Kraft begabt, den Mädchen, vor allem den verliebten, ist ein schwächerer Leib und eine schwächere Seele zu Eigen: Verspätest du dich nur ein Weilchen, ist es für mich schon der Tod. Ihr Männer vertreibt euch lange die Zeit auf mancherlei Weise, seid auf der Jagd oder geht froh eurem Ackerbau nach. Auch als

Redner zeigt ihr euch oder übt euch geschmeidig im Ringen. Oft verbringt ihr die Nacht fröhlich beim Weine gesellt. Das ist mir alles versagt, und selbst wenn ich weniger liebte, wäre nichts andres mir doch als nur zu lieben bestimmt.

Soll ich dir sagen, wie ich meine Zeit verbringe? Ich warte auf dich und rede von dir mit meiner vertrauten Amme. Wieder und wieder frage ich sie, welche Gründe dein Fernbleiben verursacht haben könnten. Oder ich beobachte die aufgewühlte See und verfluche die verhassten Winde. Aber wenn sich dann für einen Moment nur die Wogen glätten, erfasst mich sogleich die Furcht, du könntest mich vielleicht nicht mehr lieben. Und meine Verzweiflung steigert sich ins Unermessliche. Dann gehe ich hinunter zum Strand und suche nach Spuren von dir, höre mich auch um, ob ein Seemann von Abydos angelegt hat und mir vielleicht einen Brief von dir bringt. Kurzum, nichts anderes als dich, o Leander, habe ich im Sinn: Unaufhörlich denke ich an dich, spreche ich von dir, frage ich nach dir, und wenn der Abend heraufzieht, steige ich hinauf auf den Turm und entzünde meine geliebte Fackel. Nur meine Amme weiß von unserer großen Liebe. Immer wieder frage ich sie: »Was glaubst du, ist mein Geliebter schon aufgebrochen? Oder wartet er noch, weil die Seinen noch wach? Glaubst du, dass er sein Gewand am Ufer schon niedergelegt hat, dass er mit fettem Öle schon seine Glieder sich salbt?«

Dann nickt die Amme vielleicht, aber nicht aus Teilnahme für meine Liebe. Nein, weil ihr greises Haupt heimlich der Schlaf überkam! Und wenn dann die Nacht ihren Zenit überschritten, fallen auch mir die Augen zu, und ich sehe dich im Traum, wie du näher und näher kommst, wie du den nassen Arm um meine Schultern dann legst: Wie

ich, wie sonst, ein Gewand um den triefenden Körper dir
hülle, wie wir uns wärmen darauf, dicht aneinander ge-
schmiegt – vieles andere noch, was ich hier zu sagen nicht
wage, weil mir die Scham untersagt, dass ich die Freuden
erzähl. O grausamer Leander, warum bist du letzte Nacht
nicht gekommen? Zugegeben, die See war rau, aber der
Wind war recht milde und hätte dich nicht aufhalten müs-
sen. Sag, was ist denn geschehen, dass du jetzt stärker als
früher die Wogen fürchtest, bangst vor dem Meer, das zu-
vor stets nur verachtet du hast?

Manchmal fürchte ich auch, dass meine Herkunft mir
schadet, und Abydos mich, ein thrakisches Mädchen, dei-
ner für unwürdig hält. Doch jede Verleumdung könnte ich
noch leichter erdulden, als wenn du, von einer Dirne um-
garnt, ihr jetzt opfertest deine Zeit, eine andere jetzt ihren
Arm um deinen Nacken legte, oder gar eine neue Liebe
zum Grab unserer Liebe würde. Ach, lieber wollte ich den
Tod, als dass dieses Unheil mich träfe: Sterben will ich zu-
vor, ehe dein Vergehen mich verletzt! Gelobt seien daher
diese ungnädigen Winde, wenn sie der einzige Grund sind,
dass du fern bist von mir.

Oder fürchtest du vielleicht, dass dir zur Rückkehr die Kräfte
fehlen? Dann lass uns mitten im Meer von beiden Seiten uns
treffen. Ja, ich würde dir so gern entgegenschwimmen. Im
Wasser treibend, würden wir uns umarmen, und wenn wir
uns gesättigt hätten an Küssen und Liebkosungen, kehrte
ein jeder zu seinem Ufer zurück.

Hero, Priesterin der Aphrodite

Phaidra und Hippolytos

Es lässt sich nicht ändern: Die griechische Mythologie ist nun einmal dermaßen kompliziert in ihren verwandschaftlichen Verästelungen und ebenso reich an Ereignissen, dass man gar zu leicht den Überblick verliert. Von Theseus zum Beispiel haben wir zum letzten Mal gehört, als er, nachdem er die arme Ariadne allein auf einer Insel zurückgelassen hatte, Richtung Athen in See stach, um dort seine Verlobte Aigle zu treffen. Und jetzt taucht er plötzlich an ganz anderer Stelle wieder auf, schneidiger noch als zuvor. Er hat gerade die Amazone Antiope umgebracht, die ihm einen Sohn, Hippolytos mit Namen, geschenkt hatte, und plant nun, noch nicht zufrieden mit dem angerichteten Chaos, sich mit Phaidra zu verheiraten, einer der zahlreichen Töchter des Minos. Tatsächlich? Ausgerechnet mit Phaidra, Schwester der schmählich verlassenen Ariadne? Ja, es ist schwer zu glauben, aber so war Theseus nun mal. Wenn es darum ging, mit einer schönen Frau zu schlafen, war ihm alles andere egal. Darüber hinaus gebe ich ja auch nur das wieder, was schon die berühmten klassischen Autoren berichten, genauer Euripides, Sophokles, Apollodoros, Plutarch, Pausanias und Diodoros Siculus, sowie auch in späterer Zeit Racine, Swinburne und D'Annunzio (und ich hoffe, damit zumindest die wichtigsten zitiert zu haben).

Doch nun geschieht das Unvorstellbare: Phaidra verliebt sich in ihren Stiefsohn. Ja, so ist es: Sie verliebt sich in den jungen Hippolytos, den Sohn ihres Gatten Theseus und der von ihm getöteten Amazone Antiope. Der junge Mann ist eine Art Pfadfinder. Er hat der Göttin Artemis ein Keuschheitsgelübde abgelegt und beschäftigt sich den ganzen Tag mit nichts anderem als Laufen, Ringen, Speerwerfen und Hochsprung, und zwar in einem Wald, vollkommen nackt, so wie es seinerzeit üblich war. Phaidra erblickt ihn eines Tages, beobachtet ihn eine Weile hinter einem Busch versteckt bei seinen Leibesübungen und verliebt sich in ihn. Allerdings muss man auch sagen, dass der Körper des Jünglings keine Wünsche offen ließ, und so ist es kein Wunder, dass eine leidenschaftliche Frau wie Phaidra bei seinem Anblick den Kopf verliert.

Als Hippolytos gewahr wird, dass seine Stiefmutter ein Auge auf ihn geworfen hat, weist er sie empört zurück. Woraufhin diese sich, da sie einen Skandal befürchtet, umbringt. Zuvor hat sie aber noch, um sich zu rächen, ihrem Gatten Theseus über ihre alte Amme die Nachricht zukommen lassen, sein Sohn Hippolytos habe sie vergewaltigen wollen. Theseus seinerseits wendet sich nun an Poseidon und bittet ihn, für den Tod seines Sohnes zu sorgen. Und der Meeresgott befiehlt einem Seeungeheuer, dem Meer zu entsteigen und die Pferde zu erschrecken, die vor den Wagen gespannt sind, mit dem der arglose Hippolytos unterwegs ist. Die Pferde scheuen, Hippolytos stürzt vom Wagen, verfängt sich dabei mit dem Fuß in den Zügeln und wird erbarmungslos mitgeschleift. Schließlich stirbt er, und zwar in den Armen seines Vaters Theseus. Doch bevor er sein Leben aushaucht, erzählt er ihm noch die ganze Wahrheit.

Wie keusch Hippolytos nun tatsächlich war, lässt sich daran ersehen, dass die Athener ihn immer von Kopf bis Fuß mit einem Schleier bedeckt darstellten, weswegen die Tragödie von Euripides auch den Titel *Der verschleierte Hippolytos* trägt. Schuld an der ganzen traurigen Geschichte war ja eigentlich Aphrodite. Die Göttin der Liebe war beleidigt, weil sich Hippolytos die Kollegin Artemis und nicht sie selbst als Schutzgöttin ausgesucht hatte. Daher schuf sie alle Voraussetzungen, dass es zu der Tragödie kommen musste. Sie war es, die Phaidra in eine entfesselte Nymphomanin verwandelte und dafür sorgte, dass diese ahnungslos dem nackt trainierenden Jüngling über den Weg lief.

Wie so häufig in der griechischen Mythologie geht auch diese Geschichte nach dem Tod der Hauptperson noch weiter. Hippolytos wurde wieder zum Leben erweckt, und zwar von dem Arzt Asklepios, dem fähigsten Spezialisten auf diesem Gebiet der Heilkunst. Doch auch dann noch weigerte er sich, seinem Vater zu vergeben. Stattdessen wanderte er nach Italien aus, und zwar nach Adriccia in den Albaner Bergen, wo er dann, wie man hört, mit großer Weisheit regierte.

Von Phaidra an Hippolytos

O mein geliebter Hippolytos,
lies diesen Brief, ein Brief kann nicht schaden, steht
doch in ihm vielleicht, was auch dir Freude beschert!
Heimlichkeiten verschickt man so über Länder und

Meere, ja, es liest selbst der Feind, was ihm vom Feinde gesandt.

Dreimal wollte ich selbst mit dir reden, doch dreimal versagte mir die Zunge. Dreimal blieb ich stumm, während in meiner aufgewühlten Seele die Scham kämpfte gegen die Liebe. Erstere verbot mir zu sprechen, Letztere trieb mich dazu an. Das, was Amor befiehlt, zu verachten, bringt uns Gefahren, herrscht doch nur er, und selbst Könige und Götter sind ihm untertan. Und so bitte ich dich, o Hippolytos, füge dein Herz meinen Wünschen und weiche nicht zurück vor meinem reiferen Alter. Denn wisse, je später die Liebe kommt, umso größer ist sie und umso heftiger quält sie uns. Ja, mein Herz, meine Seele, mein Verstand sind entflammt in Liebe zu dir. Aber lernt man in der Jugend die Liebe kennen, so leidet man viel weniger, als wenn erst im Alter man sich verliebt. Und wer wie ich die Liebe noch nie gekannt, leidet mindestens das Doppelte. Glaube mir, unermesslich groß ist meine Liebe, und wäre Hera bereit, mir ihren Mann, den Gott der Götter zu lassen, zöge ich dich noch dem Zeus vor.

Manchmal denke ich, Aphrodite fordere Tribut von unserem Geschlecht. Liebte doch Zeus schon Europa, die Ahnfrau des Hauses, indem er sich in die Gestalt eines Stieres hüllte. Pasiphaë, meine Mutter, gab sich einem Stier hin und schändete ihren Leib, als sie das Scheusal gebar. Siehe nun mich: da auch ich zu Minos Stamme gehöre, füg' ich als Letzte mich jetzt in der Familie Gesetz. Das ist Verhängnis uns auch, dass ein Haus zwei Frauen betörte, Theseus und Theseus' Sohn, sie haben zwei Schwestern bezaubert: Richtet Trophäen doch auf über den doppelten Sieg.

Ach hätte ich dich doch beim Fest der Ceres in Eleusis nicht getroffen. An jenem Tag packte mich glühende Leidenschaft für dich. Du trugst ein weißes Gewand, dein

blondes Haar war blumengeschmückt, und leichte Röte
der Scham hatte dein Antlitz gefärbt. Doch wie stark und
männlich wirktest du. Männer, die sich wie Frauen schmü-
cken, werde ich immer verachten. Männliche Schönheit
bedarf nur eines mäßigen Schmucks! Herrlich steht dir
dein Ernst, die kunstlos gebundenen Haare und die dünne
Schicht auf deinem Gesicht. Wie schön bist du, wenn du
den bäumenden Hals des trotzigen Rosses zurückbiegst,
wenn du mit kräftigem Arm die biegsame Lanze schleu-
derst oder den ahornen Speer zur Jagd trägst. Kurz, ganz
gleich, was du tust, alles erfreut meinen Blick.
Meine Liebe zu dir hat mich verändert. Neuen Künsten
wende ich mich zu. Wie gefällt es mir heute, selbst, so wie
du, durch die Wälder zu streifen und das stolze Wild zu ja-
gen, oder den zitternden Speer kräftig gegen die Hirsche zu
schleudern. Nun ist Artemis mit dem krummen Bogen
auch mir die Erste unter den Göttern. Auch hier stimmen
wir überein. Aber vergessen wir darüber nicht die Rechte
der Aphrodite. Nimm der Artemis einige und weihe sie der
Göttin der Liebe. Kraft und Mut behalte den wilden Tieren
vor und schenke Zärtlichkeit jener, die dich aufrichtig liebt.
Sorge dich nicht und verschwende keinen Gedanken an
Theseus. Auf vielerlei Art hat er uns beide gekränkt. Mei-
nes Bruders Gebein zerschmetterte er mit knotiger Keule,
meine Schwester Ariadne gab er den wilden Tieren auf
einer verlassenen Insel preis, deine Mutter tötete er mit
dem Schwert und verweigerte ihr auf diese Weise die Ehe
doch nur, damit einst du, Bastard, nicht zur Herrschaft
kommst.
Wenn ich als Stiefmutter jetzt für dich, meinen Stiefsohn,
entbrannt bin, so fürchte keine Vorurteile. Längst überholt
ist die Scheu vor einer solchen Verbindung, mit der Zeit
wird sie ja ganz vergehen, galt sie doch nur, als Kronos

noch herrschte, denn heute ist ja Zeus selbst mit seiner Schwester vermählt. Tun wir es also dem Göttervater gleich und nehmen wir uns das Recht zu allem, was Freude uns bringt.

Deine Phaidra, Tochter des Minos

Laodameia und Protesilaos

Laodameia und Protesilaos: Wie nicht anders zu erwarten, ist auch dies eine traurige Geschichte. Laodameia war die Tochter von Akastos, des Königs von Iolkos, Protesilaos der Sohn von Iphiklos, des Königs von Phylake. Sie war wunderschön, er ebenso. So hegten sie nicht ganz unberechtigte Hoffnungen auf eine glückliche Zukunft, doch stattdessen gedachte ihnen das Schicksal, wie so häufig in der Mythologie, ein Leben voller Qual und Schmerz zu. Selbstverständlich liebten sie sich, und ebenso selbstverständlich nahm es ein schlimmes Ende mit ihnen.

Es fing schon damit an, dass Akastos keineswegs damit einverstanden war, einem armen Jüngling wie Protesilaos die Hand seiner Tochter Laodameia zu geben. Daran konnten auch die Tränen der Tochter und die Liebesschwüre des jungen Mannes nichts ändern. Phylake, Protesilaos' Heimatstadt, war ein ödes Kaff irgendwo im griechischen Hinterland, nicht zu vergleichen also mit Iolkos, der blühenden Handelsstadt und Heimat von Laodameia. Zu jener Zeit waren die Könige sehr argwöhnisch, wenn es darum ging, Bündnisse mit anderen Herrschern zu schließen, und sie ließen sich auch nur dann darauf ein, wenn sie dadurch ihre eigene Macht ausbauen konnten. Nun kam aber das Glück (oder auch Unglück, je nach Standpunkt) den beiden Verliebten zu Hilfe. Der Trojanische Krieg brach aus, und wie alle anderen griechischen Herrscher sah sich auch Akastos mit der Forderung konfrontiert, zur Front aufzubrechen. Aber er hatte keine Lust dazu.

»Das wäre ja noch schöner«, empörte er sich, »Helena setzt ihrem Menelaos Hörner auf, und ich soll deswegen in den Krieg ziehen? Was kann ich denn dafür, dass diese Frau so ein Flittchen ist?«

Seine Ratgeber erinnerten ihn jedoch an den Schwur, den er einst geleistet hatte. »O Akastos«, sprachen sie zu ihm, »du hast ein Versprechen gegeben. Als Menelaos Helena heiratete, schworest du, gemeinsam mit den anderen Königen Griechenlands jederzeit ihre Ehre zu verteidigen. Außerdem hast du auch keine männlichen Nachkommen, die an deiner statt der Verpflichtung deines Hauses nachkommen könnten.«

»Und wenn meine Tochter heiratet?«

»Ja, dann sähe die Sache schon anders aus. Dann könnte dein Schwiegersohn für dich in den Krieg ziehen. Hauptsache, ein männliches Familienmitglied sorgt dafür, dass der Schwur nicht gebrochen wird. Aber wie willst du sie heute Abend noch verheiraten? Du weißt doch, dass die Abreise für morgen bei Sonnenaufgang festgesetzt ist.«

»Lass das nur meine Sorge sein«, erwiderte Akastos und ließ Protesilaos zu sich rufen.

Kurzum, Laodameia und Protesilaos schlossen in aller Eile den Bund fürs Leben, und nach nur einer einzigen Liebesnacht schiffte sich der junge Bräutigam nach Troja ein, um dort im griechischen Heer zu kämpfen. Und jetzt beginnt die eigentliche Tragödie. Das Schicksal (also die Göttin Ananke) hatte nämlich beschlossen, dass der erste griechische Krieger, dessen Fuß trojanischen Boden berührt, auch als Erster sterben wird. Das wussten alle Krieger, und darum hielten sich auch alle, als die Landung anstand, vornehm zurück. Allerdings begannen die Trojer, sobald sich die griechischen Schiffe dem Ufer näherten, die Feinde mit Schmähungen zu überschütten, und darüber war der jähzornige Achilles (der mutigste Krieger im Heer der Achäer) dermaßen erbost, dass er schon Anstalten machte, von Bord zu springen. Doch seine Mutter Thetis, eine Meeresgöttin und von daher unsichtbar, hielt ihn mit einer Hand zurück und versetzte mit der anderen dem arglosen Protesilaos einen Stoß. Der arme Jüngling stolperte vom Schiff und hatte noch kaum feindlichen Boden berührt, da wurde er schon von Hektors Schwert durchbohrt. Nicht zufällig bedeutet das griechische Wort Protesilaos »Erster unter allen«, und daher auch Erster der Kriegsgefallenen.

In der Unterwelt angekommen, beschwerte sich der gute Protesilaos sogleich bei den dort zuständigen Göttern und konnte, dank der Unterstützung der Göttin Persephone, tatsächlich einen Tag Aufschub herausschlagen. Aber eigentlich waren es nur drei Stunden Ausgang.

Laodameia ist gerade zu Bett gegangen, als plötzlich ihr junger Bräutigam im Zimmer steht.

»O meine Geliebte«, sagt er, »erschrick nicht. Ich bin in Troja gefallen. Aber die Götter der Unterwelt haben mir noch drei Stunden auf Erden zugestanden. Daher lass uns keine Zeit verlieren, wir wollen uns lieben.«

Doch Laodameia verweigert sich: Drei Stunden sind ihr zu wenig, vor allem in Anbetracht ihres unermesslichen Verlangens, und so verfällt sie auf die Idee, sich eine Kopie von Protesilaos anzufertigen. Sie ist nämlich eine ausgezeichnete Bildhauerin und lässt nun Protesilaos in den drei Stunden Modell für eine Statue stehen, die sie von nun an jeden Abend anstelle ihres toten Gatten mit ins Bett nehmen wird.

Zugegeben, sie war aus Wachs, aber immer noch besser als gar nichts.

Nach einigen Wochen aber kommt ein Nachbar dahinter, dass Laodameia jede Nacht mit diesem eigenartigen Gefährten ins Bett geht, und verpetzt sie bei ihrem Vater. »O Akastos«, sagt er zu ihm, »deine Tochter ist anscheinend nicht mehr ganz bei Trost. Jeden Abend teilt sie das Lager mit einer Statue, umarmt sie und bedeckt sie mit Küssen.«

Sogleich gibt Akastos Befehl, die Statue in einen Kessel mit heißem Öl zu werfen. Er kommt aber zu spät, um seine Tochter, die sieht, wie sich ihr Geliebter im Öl auflöst, davon abzuhalten, sich ebenfalls in den Kessel zu stürzen.

Plinius der Ältere erzählt, dass Protesilaos in Thrakien beerdigt wurde und rings um sein Grab mächtige Ulmen wuchsen, deren Zweige das ganze Jahr über, auch im Winter, blühten. Bis auf die allerhöchsten, die nach Troja blicken konnten und nie Blüten ansetzten.

Den folgenden Brief schrieb Laodameia einige Monate nach Protesilaos' Abreise nach Troja. Die Ärmste ignorierte sein trauriges Schicksal einfach und baute darauf, ihn irgendwann, vielleicht schon bald, wieder zu sehen.

Von Laodameia an Protesilaos

Die Thessalierin Laodameia grüßt ihren thessalischen Gatten.

Man hat mir berichtet, widriger Wind halte dich davon ab, zu mir zurückzukehren. Ach, wo war dieser Wind, so frage ich mich, als wir voneinander Abschied nahmen? Hätte sich damals doch das Meer euren Rudern entgegengestellt und so deinen Aufbruch verhindert! Noch mehr Küsse hätte ich dir gegeben, dir noch so viel sagen können. Doch der Wind, den die Seeleute ersehnen, riss dich unbarmherzig von mir fort.

Ich blickte dir nach, und lange noch erkannte ich deine Gestalt am Heck, dein herrliches Antlitz, das sich immer weiter entfernte, und auch als du ganz verschwunden warst, sah ich immer noch die Segel. Als nun auch diese in der Ferne verschwanden, ließ ich eine Weile noch den Blick übers leere Wasser schweifen, bis plötzlich das Licht mit dir schwand. Taumelnd brach ich am Strand zusammen, und Ohnmacht hielt mich umfangen. Mit einem nassen Tuch meine Stirn benetzend, bemühten sich mein Vater Akastos und mein Schwiegervater Iphiklos, mich ins Leben zurückzurufen. Endlich kam ich wieder zu mir, doch mit den Sinnen kehrte auch der Schmerz zurück. Und nun fürchte ich tagaus tagein, dich nie mehr wieder zu sehen. Die Sorge lähmt mich, und meine Lebensfreude ist dahin. Nicht mehr darauf bedacht bin ich, mein Haar zu kämmen oder meine königlichen Gewänder anzulegen. Denn für wen sollte ich mich schmücken? Du bist fern von mir, und nur dir will ich gefallen. Und soll ich mein Haar frisieren, da ich weiß, dass dein Kopf den schweren Helm jetzt trägt? Ruhelos wandere ich Stunde um Stunde in meinen Gemächern auf und ab, wie eine Wahnsinnige, die Bakchos' Zepter hierhin und dorthin treibt.

Verflucht seist du, o Paris, Sohn des Priamos: So großes Leid fügst du unschuldigen Menschen zu. Und verflucht seist du, o Menelaos: Um eine einzige Frau nach Hause zu führen, lässt du tausende andere weinen. Und verflucht seien Ilion, Tenedos, Ida, der Xanthos und der Simoeïs, jene Namen, deren Klang allein mich schon schreckt. Aber mehr als alles sonst fürchte ich jenen, den sie Hektor nennen. Seine Hand ist stark, und sein Herz kennt keine Gnade. Deshalb beschwöre ich dich, mein Geliebter. Nimm dich vor diesem Hektor in Acht, egal wer er sein mag, gehe ihm aus dem Weg! Überlass es Menelaos, wenn es ihn reizt, dem Troer entgegenzutreten. Nur er hat Anlass, zu kämpfen und sich zu rächen. Ihm wurde die Gattin entführt, nicht dir. Sollen die anderen in die Schlacht ziehen: Viel besser als auf den Krieg versteht sich mein Protesilaos auf die Künste der Liebe.

Als du unser Haus verließest, um dich nach Troja zu wenden, stießest du laut mit dem Fuß an der Schwelle an. Wie erschrak ich, denn ein schlechtes Vorzeichen schien es mir. Ich schwieg damals, aber nun schreibe ich es dir, damit du noch besser auf dich aufpasst. Sei auf der Hut, ich bitte dich, und zeige dich nicht zu eifrig in der Schlacht. Denn einem aus eurer Mitte hat das Schicksal ein trauriges Los vorherbestimmt: Wer dereinst Troja als Erster betritt, soll als Erster sterben. O unglückselige Frau, die du auch als Erste um deinen Gemahl weinst. Unter den tausend Schiffen, die vor Troja anlegen werden, soll deins das Letzte sein. Und ich flehe dich an, verlass erst als Letzter das Schiff.

O Protesilaos, unablässig denke ich an dich, egal ob Phoibos sich verbirgt oder hoch am Himmel steht. Nachts jedoch noch mehr als bei Tage. Denn die Nacht bringt nur jenen Frauen Freude, die ihr Haupt an die Brust ihres geliebten Mannes schmiegen können. Ich aber warte einsam im Bett auf trügerische Träume. Oft frage ich mich, wem dieser Krieg nützen soll. Was sucht ihr in der Ferne, o Achäer? Warum kehrt ihr nicht alle zu euren Lieben nach Hause zurück? Ich beneide die trojanischen Frauen: Helfen können sie ihren Männern, die Waffen anzulegen, und kehren diese dann des Abends heim von der Schlacht, neh-

men sie ihnen den Helm ab und bedecken sie mit Küssen. Außerdem wird ein trojanischer Krieger größere Vorsicht walten lassen im Kampf, da er weiß, dass seine Gattin ihn von der Stadtmauer aus beobachtet. Tue es ihm nach, Geliebter, und vergiss nie: Bist du um mich besorgt, so sei besorgt um dich selbst.

Mein einziger Trost ist das Bild aus Wachs, das ich von dir habe. Ach, könnte ich ihm doch auch eine Stimme geben, einen neuen Protesilaos hätte ich neben mir. Jede Nacht nehme ich es in den Arm und blicke es lange an. Doch nun schließe ich diesen Brief. Zuletzt noch einmal meine inständige Bitte: Denk du immer an mich, denk noch viel mehr an dich!

Deine Laodameia, Tochter des Akastos

Dido und Aeneas

Dido, die Tochter von Mutto, des Königs von Tyros, hatte von Kindheit an ein schweres Leben. Ihr Bruder Pygmalion hatte es auf ihr Erbe abgesehen und brachte deshalb zuerst den Familienschmuck an sich und dann ihren Gatten Sychaeus ums Leben. Aber der Verblichene erschien Dido im Traum und verriet ihr, nachdem er ihr die stark behaarte, vom Eisen durchbohrte Brust gezeigt hatte, wo der Mörder den väterlichen Schatz versteckt hielt. Noch in derselben Nacht bat sie einige treue Freunde um Hilfe, holte sich die Juwelen zurück und floh dann nach Afrika, ins heutige Libyen, wo sie von den Einheimischen mit allen Ehren empfangen wurde. Sie schenkten ihr so viel Land, wie ein Stierfell zu fassen vermochte, und Dido, gewitzt wie alle Phönizier, zerschnitt die Tierhaut in viele dünne Streifen und maß damit ein Gebiet ab, das groß genug war, um darauf eine neue Stadt zu gründen. Und dieser Stadt gab sie den Namen Karthago. Aber auch jetzt war ihr noch kein ruhiges Leben beschert: Der König eines Nachbarvolkes, ein gewisser Iarbas, machte ihr den Hof, aber Dido hatte absolut keine Lust, den Avancen dieses Rohlings nachzugeben. Außerdem wollte sie auch dem Gedenken ihres toten Gatten treu bleiben. Da ihr aber klar war, dass eine Weigerung ihrerseits Krieg und damit vielleicht auch die Zerstörung der Stadt bedeuten konnte, die sie gerade gegründet hatte, ging sie zunächst zum Schein auf das Werben des Iarbas ein und warf sich dann während der Hochzeitszeremonie in die Flammen eines Opferfeuers.

Damit wäre die traurige Geschichte nun zu Ende gewesen, hätte nicht der römische Dichter Vergil eine weibliche Hauptperson für seine *Aeneis* gebraucht, die er dem Helden Aeneas zur Seite stellen konnte. Und so spann er die Geschichte der Dido weiter, oder genauer, gab ihr einen anderen Verlauf.

Aeneas, mit knapper Not der Feuersbrunst in Troja entkommen, schipperte kreuz und quer durchs Mittelmeer. Bei ihm sind sein Vater Anchises und sein Sohn Ascanius. So gelangen sie nach Thrakien, Kreta, Delos, zu den Strophadischen Inseln und sogar nach Albanien. Eines Tages ist Aeneas des Umherreisens müde und beschließt, sich in Afrika niederzulassen. Und zwar zufällig genau in Kathargo, wo er eine wunderschöne Frau namens Dido kennen lernt. Die Königin hat kaum einen Blick auf ihn geworfen und ist schon vor Liebe entbrannt. Sie mustert ihn und fragt:

»*Du bist also Aeneas, den einst dem Troer Anchises Venus, die holde, gebar an des phrygischen Simoïs Fluten?*«

Spricht's und führt auch sogleich zum Königspalaste Aeneas;
Gleich für den Tempel bestellt sie götterverehrende Feier.
(Vergil, *Aeneis*, I, 617 ff.)

Vielleicht würde die arme Dido auch jetzt noch gern dem Andenken an ihren toten Gemahl die Treue halten, aber schon damals galt der Spruch: »Wo die Liebe hinfällt...«

Außerdem bekam Aeneas Unterstützung von seiner Mutter Aphrodite. Während einer Jagdpartie entfacht die Liebesgöttin ein nettes Unwetter, und als alle irgendwo Schutz suchen, führt Aeneas Dido in eine Höhle, wo die beiden im schummrigen Licht das tun können, wonach es sie verlangt.

Danach erklärt die Königin Aeneas offiziell zu ihrem Lebensgefährten und macht ihn damit praktisch zum Herrscher von Karthago. Die beiden turteln wie die Täubchen und...

> ... durchschwelgten [...] in Pracht die Länge des Winters,
> Dächten der Herrschaft nicht mehr und frönten schändlichen Lüsten.
> (Ebda., IV, 193 ff.)

So hätten sie wohl froh und glücklich bis zum Ende ihrer Tage leben können, hätten es sich nicht Hermes, und vor allem Vergil, in den Kopf gesetzt, Aeneas nach Italien zu führen und so zum Urvater Roms zu machen. Hier in groben Umrissen die Worte, die Hermes, der Götterbote mit den geflügelten Schuhen, zu Aeneas sprach, als er ihn ganz allein, aufs Meer hinausstarrend, am Strand antrifft:

> »Selbst entsendet mich dir vom hellen Olympus der Götter
> Oberster Herr, der lenkt allmächtig Himmel und Erde.

Selber befahl er, dies Wort durch die flüchtigen Lüfte
zu tragen:
›Was denn planst du, was hoffst du, so säumend im
libyschen Lande?
Wenn dich aber der Glanz gewaltiger Taten nicht an-
treibt,
Wenn du zu eigenem Ruhme nicht willst so Schweres
vollenden,
Schau, wie Ascanius blüht, und denk an des Erben
Iulus Hoffnungen, dem das Reich Italien und die Ge-
biete Roms bestimmt.‹«
(Ebda., IV, 268 ff.)

Aeneas zögert nicht lange, sagt Dido Lebwohl und zieht
von dannen. Dabei soll die arme Dido, aber das ist nicht
ganz sicher, sogar ein Kind von ihm erwartet haben. Sicher
ist aber, dass sie noch alles versucht, um ihn von seinem Vorhaben abzubringen. Sie beschwört ihn, zählt ihm
alle Vorteile auf, die ihm das Leben an ihrer Seite bringen kann, macht ihn auf die Gefahren der langen Seereise
aufmerksam und bittet ihn schließlich nur noch, die Abreise um wenigstens einen Tag zu verschieben, nicht zuletzt, damit sich das stürmische Meer beruhigen kann.
Aber es hat alles keinen Sinn: Aeneas ist unerschütter-
lich.

»Tut mir Leid«, erklärt er, »aber ich muss wirklich los.
Die Götter wollen es so.«

Und in ihrer Verzweiflung entzündet Dido einen Scheiterhaufen, stößt sich einen Dolch in die Brust und wirft
sich in die Flammen. Die Götter seien ihrer armen Seele
gnädig.

Es gibt jedoch noch eine Fortsetzung, die nicht unerwähnt bleiben soll. Im 6. Gesang der *Aeneis* steigt Aeneas im Anschluss an den Besuch bei Sibylle in Cumae in die Unterwelt hinab. Dort hat er kaum den Fuß in den Bereich gesetzt, wo sich jene aufhalten, die »eine grausame Liebe dahinraffte«, da läuft ihm unglücklicherweise sogleich Dido über den Weg, jene Frau also, die er in Tränen aufgelöst an afrikanischen Gestaden zurückgelassen hatte. Als sie ihn erkennt, möchte sie sogleich Reißaus nehmen, doch Aeneas erhascht den Saum ihrer Tunika und hält sie fest. Hier die Worte, die er zu ihr spricht:

> *»Unglückselige Dido, so war die Kunde doch richtig,*
> *Dass du verschieden und dich mit eigenem Schwerte getötet?*
> *War es um meinetwillen? Doch bei den Göttern da droben,*
> *Bei den Gestirnen schwör ich und auch wenn Treue hier unten:*
> *Ungern, Königin, habe ich deine Gestade verlassen.*
> *Aber der Götter Befehl, der jetzt mich nötigt, durch diese*
> *Schatten und Wüsteneien und nächtiges Grauen zu wandern,*
> *Trieb mich ja unerbittlich. Wie konnte ich wähnen, dass jemals*
> *Dir so schrecklicher Schmerz durch meinen Abschied entstünde.«*
> (Ebda., VI, 456 ff.)

Dieser letzte Satz hört sich auf Lateinisch folgendermaßen an: »*... nec credere quivi / hunc tantum tibi me discessu ferre dolorem.*«

Und ich könnte mir denken, dass Dido, etwas weniger feierlich, darauf geantwortet hat: »Ach, leck mich doch...« Aber das verschweigt Vergil schamhaft.

Von Dido an Aeneas

Diesen Brief, o Sohn des Anchises, schickt dir eine verzweifelte Dido, die entschlossen ist zu sterben. Die Worte, die du jetzt liest, sind die letzten, die dich von mir erreichen werden. Ich mache es dem weißen Schwan nach, der zu singen beginnt, kurz bevor er den letzten Atemzug tut.

Du willst in See stechen, und ich spüre, dass dich auch dieser Brief nicht mehr davon abhalten kann. Doch die Winde, die dich hinwegtragen, nehmen auch deine Versprechungen mit. Nicht mehr reizt dich das schon gegründete Karthago. Du suchst ein italisches Reich, von dem aber noch ganz ungewiss ist, wo es liegt. Vor allem aber, Unglückseliger, fliehst du vor mir, ohne jedoch zu wissen, ob du jenseits des Meeres eine andere Dido finden wirst, der du wieder dieselben Versprechungen machen kannst wie mir. Und auch wenn dir alles so gelingt, wie du es dir erhoffst, wie willst du, so sage mir, eine andere Frau finden, die dich so lieben wird wie ich? Daher bitte ich dich: Verschiebe deine Abreise, warte zumindest ab, bis sich der Sturm gelegt und das Meer beruhigt haben. Dann könnte ich mich noch einige Tage länger deiner Gegenwart erfreuen, und du würdest dich weniger Gefahren aussetzen. Ach, ich glühe für dich wie die Fackeln aus Wachs und aus Schwefel. Tag und Nacht sehe ich dich vor mir. Ich sehe einen Mann, der sich anschickt, mich zu verlassen. Aber dennoch kann ich ihn nicht hassen. Was ich beklage, ist allein seine Gleichgültigkeit. Zuweilen denke ich, dass es gar keinen Aeneas gibt. Vielleicht war ich es, die ihn schuf. Ich bitte ihn inständig, flehe ihn an, beschwöre ihn, bei mir zu bleiben, doch er sticht in See, unbeirrbar. Bin ich dir so wenig wert, dass du, Ungerechter, leichtsinnig in den Untergang eilst und über das sturmumtoste Meer vor mir fliehst?

Stell dir vor, die reißende Flut erfasst dein Schiff und lässt es sinken. Was ginge dann in deinem Herzen vor? Sicher würdest du an die arme verlassene Dido denken, wie sie, bittere Tränen vergießend, mit flatterndem Haar vor dir steht. Es reute dich, was du getan, und du würdest rufen: »Das ist meine Strafe, weil ich ihr Flehen nicht erhörte.«

Ach, wie konnte es bloß so weit mit mir kommen? Verflucht sei der Tag, da uns ein jähes Gewitter finster drohend bewog, in eine Höhle zu fliehen. Stimmen vernahm ich da und hielt sie für Stimmen der Nymphen. Doch Furien waren es, die mir mein Los verrieten. Und nun werde ich bestraft für das, was ich getan. Die beleidigte Scham und mein toter Gatte Sychaeus verurteilen mich. Wie sollte ich mich auch nicht schämen für meine Untreue. Aber glaube mir: Bevor ich dich kennen lernte, o Sohn des Anchises, hatte ich mich immer so verhalten, wie sich eine anständige Frau verhalten muss: Ich hatte eine Stadt gegründet, bewehrt mit hohen Mauern, um die mich alle Reiche Afrikas beneideten. Tausende von Freiern begehrten mich zur Frau, und tausenden von Freiern verweigerte ich mich. Und dann kamst du, ein vollkommen Fremder, und ich Närrin gab mich dir hin.

Vielleicht trage ich ein Kind unter dem Herzen, und da ich beschlossen habe zu sterben, so wisse, dass du auch Schuld trägst an dieses Kindes Tod. Bliebest du aber hier bei mir, hätte dein Sohn Ascanius in wenigen Monaten einen Bruder.

100

Verstehen könnte ich dich noch, zöge es dich fort nach Troja, um deine Heimatstadt wieder zu sehen. Aber du brichst auf in ein Land, das du nie hast gesehen. Offensichtlich ist es nicht der Simoeïs, der dich lockt, sondern der Tiber. Aber deine Gefährten wollen nicht wieder aufs Meer hinaus. Das weiß ich, sie haben es mir heimlich anvertraut.

Ach könntest du mich jetzt sehen: vor mir der Brief, an dem ich schreibe, in meinem Schoß das Schwert, das du mir gabst und das meinem Leben ein Ende setzen wird. Meine Tränen benetzen es schon, in Erwartung des Blutes, in das es bald getränkt ist. Schreib mir dann nicht aufs Grab: »Hier ruht des Sychaeus Dido.« Sondern folgende Inschrift stehe dort auf marmornem Stein: »Ursache gab ihr Aeneas zum Tod, er gab auch das Schwert ihr. Dann mit eigener Hand tötete Dido sich selbst.«

Dido, Tochter des Mutto

Deianeira und Herakles

Wollte man alles erzählen, was es über Herakles und Deianeira zu erzählen gibt, würde dieses ganze Buch nicht ausreichen. Um die Sache zu straffen, beschränke ich mich daher auf die Hauptereignisse, angefangen bei Herkules', oder Herakles' Geburt.

Alkmene, die Königin von Theben, war berühmt dafür, dass sie sich keinem Mann hingab, noch nicht einmal ihrem Ehemann. Der Leidtragende, ihr Gatte Amphitryon, bekam jedes Mal, wenn er es doch wieder versuchte, von ihr zu hören: »Geliebter, ich bin ganz dein. Aber zuerst töte bitte noch die Mörder meiner acht Brüder.« Und so geschah es, dass Amphitryon beschloss, den Teleboern (ein Stamm bis an die Zähne bewaffneter Banditen), den Krieg zu erklären. Diese Lage machte sich nun Zeus zu Nutze. Er spielte schon lange mit dem Gedanken, die wunderschöne Alkmene in die Schar seiner Eroberungen einzureihen, und so tauchte er eines Abends, als er gerade besondere Lust hatte, bei ihr auf, allerdings erst, nachdem er die Gestalt ihres Gatten Amphitryon angenommen hatte. Frechheit siegt, und so erklärte er ihr ohne rot zu werden, er habe gerade die Mörder ihrer acht Brüder zur Strecke gebracht. Alkmene war begeistert, und der folgende Liebesakt, so berichten die zuständigen Autoren, dauerte sage und schreibe vier Tage und vier Nächte, nicht zuletzt, weil Zeus den Horen befohlen hatte, die Pferde des Sonnenwagens auszuspannen. So war es nicht verwunderlich, dass das Kind, das in Folge dieses viertägigen, pausenlosen Beischlafs geboren wurde, außerordentliche Kräfte besaß. Und dieses Kind war Herakles. Als Beleg für die Stärke des Säuglings sei nur folgende Episode erwähnt: Um sich wegen des Seitensprungs zu rächen, sandte Hera, die Gemahlin des Göttervaters, eines Nachts zwei Giftschlangen aus, die das Baby in der Wiege töten sollten. Doch der Kleine packte kräftig zu und erwürgte die Tiere kurzerhand, und das obwohl er erst zehn Monate alt war.

Und nun zu Deianeira. Ihrer Geburtsurkunde nach waren Oineus und Althaia ihre Eltern, in Wirklichkeit war sie aber eine der zahlreichen Töchter des Gottes Dionysos. Als sie ins heiratsfähige Alter kam, wurden dermaßen viele Freier bei der Schönen vorstellig, dass die ganze Stadt Kalydon nicht ausreichte, um sie unterzubringen. Aber fast alle sagten dankend ab, als sie hörten, dass, um die Hand Deianeiras zu erringen, zunächst ein Ringerturnier im freien Stil zu gewinnen wäre, an dem auch Herakles und der Flussgott Acheloos teilnehmen würden. Der Endkampf zwischen diesen beiden nahm apokalyptische Ausmaße an. Acheloos war ein finsterer Geselle mit der vorteilhaften Fähigkeit, allerlei Gestalten annehmen zu können, so die eines Stieres, einer gefleckten Schlange und eines stierköpfigen Mannes mit mächtigen Hörnern. Außerdem flossen aus seinem Bart unablässig Wasserströme, in denen jedermann ertrinken konnte. Und während nun die beiden aufeinander losgingen, begann Acheloos, seinen Gegner wüst zu beschimpfen. So beleidigte er Herakles als »Hurensohn«, mit eindeutiger Anspielung auf dessen Mutter Alkmene und ihren Seitensprung mit Zeus. Unser Held aber überhörte die bösen Worte und verpasste dem Flussgott eine linke Gerade, die ihn direkt auf die Bretter schickte. Vergeblich versuchte Acheloos auf die zahlreichen Nummern aus seiner Trickkiste zurückzugreifen: Herakles ließ sich davon nicht im Mindesten beeindrucken, und als Acheloos gerade den Stierkopf aufhatte, riss er ihm eins der mächtigen Hörner ab und verletzte ihn damit schwer.

Nachdem nun sein einziger ernsthafter Konkurrent aus dem Weg geräumt war, packte Herakles Deianeira am Arm und machte sich mit ihr auf, um in seine Heimat zurückzukehren.

Auf der Reise kam es jedoch zu einem eigenartigen Zwischenfall. Herakles und Deianeira gelangten zu einem Fluss, den sie nicht überqueren konnten: weit und breit keine Brücke, kein Boot oder Floß. Während der Held noch überlegte, was nun zu tun sei, trat plötzlich ein Kentaur namens Nessos zu ihnen und sprach:

»Verzweifle nicht, Herakles, ich will dich und deine Gefährtin sicher ans andere Ufer bringen. Klettert nur auf meinen Rücken, dann schwimme ich euch hinüber. Aber einer nach dem anderen, sonst ist mir die Last zu schwer.«

Als Nessos nun Deianeira hinübergebracht hatte, nutzte er die Gelegenheit, da Herakles noch am anderen Ufer wartete, und fiel über das Mädchen her, um sie zu vergewaltigen. Doch das hätte er besser nicht getan. Der Held fackelte nicht lange, griff zu Pfeil und Bogen und durchbohrte dem Unhold das Herz. Bevor dieser nun sein Leben aushauchte, murmelte er noch an Deianeira gewandt: »O Frau, sammle mein Blut in einem Krug und tränke damit ein Gewand deines Mannes. Trägt er es, wirst du nie wieder Grund haben, über seine Untreue zu klagen.«

Kommen wir nun zum Kern der Geschichte: Die Jahre gingen ins Land, und eines Tages verliebte sich Herakles in ein junges Mädchen namens Iole, eine Tochter des Königs Eurytos. Der Held wollte sie unbedingt besitzen, doch ihr Vater war damit ganz und gar nicht einverstanden. Und wie reagierte Herakles? Er machte dem Namen seines Vaters alle Ehre, tötete Eurytos und schleppte Iole wie eine Sklavin mit sich nach Hause. Deianeira war darüber natürlich alles andere als begeistert, und nun erinnerte sie sich an die Worte des Kentaurs Nessos, tränkte ein Gewand des Herakles mit Nessos' Blut und reichte es ihrem Gatten. Allerdings in der Annahme, das Kleidungsstück werde ihn lediglich von dem außerehelichen Abenteuer abhalten. Das Blut war aber in Wirklichkeit ein hoch wirksames Gift, das bei Hautkontakt sofort zu brennen begann. In seiner Not versuchte Herakles, sich das verflixte Gewand vom Leibe zu reißen, aber es war unmöglich; mit dem Stoff löste sich auch die Haut ab, und die Schmerzen waren übermächtig. Um nun nicht auf diese Weise qualvoll dahinsiechen zu müssen, zog er es vor, sich auf einem Scheiterhaufen zu verbrennen, den er unterdessen hatte errichten lassen. Deianeira, niedergeschmettert von Schuldgefühlen, beobachtete ihn aus einiger Entfernung.

Den folgenden Brief soll Deianeira an dem Tag geschrieben haben, als Herakles mit seiner jungen Sklavin zu Hause eintraf. Vielleicht sollte man noch erwähnen, dass Deianeira von ihrem Gatten schon einiges gewohnt war:

fast unverständlich, warum sie wegen dieser Iole so in Rage geriet. Denn vor dieser Episode hatte der Held schon die unglaublichsten Dinge angestellt: So hatte er die fünfzig Töchter des Thespios vergewaltigt und sich so sehr in die schöne Königin Omphale verliebt, dass er, um ihr zu gefallen, sogar Schmuck und Frauengewänder anlegte. Aber es ist ja allgemein bekannt, wohin solche Exzesse oft führen: Der Krug geht eben so lange zum Brunnen, bis er bricht.

Von Deianeira an Herakles

O mein Gatte,
unglaubliche Kunde überbrachte man mir: Jener, den keine noch so schwere Arbeit in die Knie zwingen konnte, soll seinen Stolz verloren haben wegen einer unbedeutenden Frau, einer gewissen Iole. Dort, wo Hera scheiterte, soll Aphrodite triumphiert haben. Denn sie ist es, die Göttin der Liebe, die dich nun in den Staub tritt. Ein Held, der einst schon in der Wiege ein Schlangenpaar tötete, ist einem nichts sagenden Weibe ausgeliefert.
Glücklich pries man mich einst, als ich Herakles' Gattin wurde. Doch war es kein Glück für mich. So wie ungleiche Stiere nur schlecht zum Pfluge sich fügen, knechtet der stärkere Mann immer die schwächere Frau. Wünschst du dich glücklich vermählt, so nimm einen Mann, der dir gleich. Doch du bist mir oft fern, und besser kenne ich dich als Gast denn als Gatten. Mehr als meine Liebe interessieren dich Ungeheuer und Gefahren. Und doch wäre dies zu ertragen noch leicht, würdest du nur zu den Bestien und nicht auch zu den Frauen gehen. Auge nenne ich hier, die du entehrt in Parthenions Tälern, Astydamia, die einen

Sohn dir gebar, die fünfzigköpfige Schar der Töchter von
König Thespios und nicht zuletzt auch die Königin Om-
phale. Aus Liebe zu dieser warst du dir sogar nicht zu
schade, Frauengewänder anzulegen und deine gewal-
tige Brust und deine starken Arme, die einst den Nemei-
schen Löwen erwürgten, mit Gemmen und Edelsteinen zu
schmücken. Wie konntest du nur, so frage ich mich, nach
Art einer lydischen Dirne einen Gürtel anlegen? Man er-
zählt sogar, du habest dich zu den Mägden der Omphale
gesellt, um mit diesen Flachs zu spinnen. Du Stärkster der
Starken, du Unbezwingbarer, sitzest da über einen Web-
rahmen gebeugt – unvorstellbar! Und nun kehrst du heim
zu mir und führst eine neue Sklavin mit. Aber nicht wie
eine Gefangene mit wirrem Haar und in Ketten gelegt, son-
dern mit Gold und Edelsteinen geschmückt sitzt sie neben
dir auf dem Wagen und lässt den Blick dreist umherschwei-
fen, so als sei Herakles ihr Sklave und nicht umgekehrt.
Willst du diese Geliebte vielleicht zu deiner neuen Ge-
mahlin machen? Schwindeln macht mich der Gedanke
daran, ein Schauer ergreift mich, müde liegt mir im Schoß
jetzt die ermattete Hand. Aber auch mich hast du geliebt,
zweimal, es reue dich nicht, hast du gestritten um mich:
Weinend las einst Acheloos die Hörner am Ufer zusam-
men, tauchte verstümmelt sein Haupt tief in die schlam-
mige Flut; Nessos, halb Mensch nur, erlag am Euneos der
Kraft deiner Pfeile, färbte mit Pferdeblut rötlich die Wellen
des Stroms.
Doch was hat es für einen Sinn, sich jetzt daran zu erin-
nern? Noch während ich schreibe, erfahre ich, du hast das
Gewand angelegt, das mit dem Blut des toten Nessos ge-
tränkt, und windest dich nun in unerträglichen Schmer-
zen. Offenbar ist das Blut des Kentauren doch kein Liebes-
trank, wie ich glaubte, sondern ein tückisches Gift. Wehe,

was habe ich getan? Wohin trieb mich der Wahnsinn der
Liebe? Ruchlose, was zögerst du noch, selbst dir zu geben
den Tod?

Deianeira, Tochter des Oineus

Achill und Briseïs

Die Geschichte von Briseïs dürfte vielen Lesern noch aus der Schule bekannt sein, als sie die *Ilias* gelesen haben. Homer diente sie ja vor allem dazu, den »Zorn des Peleiaden Achilleus« zu rechtfertigen, »der entbrannt den Achaiern unnennbaren Jammer erregte«. Aber der Reihe nach.

Briseïs und Chryseïs waren zwei schöne türkische Mädchen: Erstere war eine Tochter von Briseus, des Königs von Lyrnessos, Letztere die jüngere Tochter des Apollonpriesters Chryses. Eines nicht so schönen Tages gerieten die beiden Mädchen im Verlauf einer der zahlreichen Schlachten, die der Eroberung Trojas vorausgingen, in griechische Gefangenschaft und wurden unter den Siegern verlost. Briseïs fiel an Achill, Chryseïs an Agamemnon. Es klingt unglaublich, aber obwohl Briseïs mit eigenen Augen hatte mitansehen müssen, wie der griechische Held zunächst ihren Gatten und dann auch noch ihre Brüder niedermetzelte, verliebte sie sich unsterblich in ihn. Verstehe einer die Frauen! Das alles wäre aber noch kein Anlass zum Streit gewesen, hätte Apollon nicht dem anderen feinen Herrn, dem Oberbefehlshaber Agamemnon, angetragen, Chryseïs an ihren Vater Chryses, der sein Lieblingspriester war, zurückzugeben, wozu Agamemnon auch ohne lange Debatten sogleich bereit war. »Aber selbstverständlich«, murmelte er nur, »Apollons Wunsch ist mir doch jederzeit Befehl.« Allerdings verlangte er danach Achills Sklavin Briseïs für sich.

Daher der Zorn des Achill mit allen daraus erwachsenen Konsequenzen.

Denn unser Held geriet tatsächlich mächtig in Rage, und zunächst einmal beschimpfte er unflätig den König der Könige, das heißt also Agamemnon:

> »Trunkenbold, mit dem hündischen Blick und dem Mute des Hirsches!
> Niemals weder zur Schlacht mit dem Volke zugleich dich zu rüsten,
> Noch zum Hinterhalte zu gehn mit den Edlen Achaias,
> Hast du im Herzen gewagt! das scheinen dir Schrecken des Todes!
> Zwar behaglicher ist es, im weiten Heer der Achaier
> Ihm sein Geschenk zu entwenden, der dir entgegen nur redet!
> Volkverschlingender König! denn nichtigen Menschen gebeutst du!
> Oder du hättest, Atreide, das letzte Mal heute gefrevelt!«
>
> (Homer, *Ilias*, I, 225 ff.)

Daraufhin wandte sich Achill an seine Mutter Thetis, die Göttin des Meeres.

»O Mutter«, sprach er zu ihr, »wenn mir schon, wie du weißt, die Götter nur ein kurzes Leben zugedacht haben, könntest du wenigstens dafür sorgen, dass meine wenigen Jahre auf Erden glücklich verlaufen. Aber was tust du? Du erlaubst es diesem Angeber von Agamemnon, mich zu demütigen und mir die sanfte Briseïs vom Lager zu holen!«

Nun muss man wissen, dass Thetis keinen Bewohner des Olymps, sondern einen Sterblichen geehelicht hatte. Und das kam so: Zeus hatte erfahren, dass aus Thetis' Schoß ein unbesiegbarer Sohn geboren würde, und so gedachte er zu verhindern, dass ihm eines Tages eine noch dazu unsterbliche Nervensäge in die Quere kommen und ihm seine Stellung als Göttervater streitig machen könnte. Darum verpflichtete er Thetis, einen Sterblichen zum Manne zu nehmen, und zwar den jungen Peleus. Nun war die arme Thetis mit der Entscheidung des Zeus anfangs aber alles andere als einverstanden. Sie widersetzte sich heftig, als Peleus sich auf sie stürzen wollte, und verwandelte sich zunächst in Feuer und in Wasser, dann in einen Baum, einen Vogel, einen Löwen, eine Schlange und in einen Tintenfisch. Doch Peleus gelang es trotzdem, sie zu erobern, und zwar gerade in dem Moment, als sie ein Tintenfisch war. Wie er das angestellt hat? Tja, das wird wohl für immer eins der vielen Rätsel der Mythologie bleiben.

Doch versetzen wir uns nun in Briseïs' Lage. Man muss sich wirklich fragen, warum sie sich ausgerechnet in den Halunken verliebte, der ihren Mann und ihre Brüder getötet hatte. Schließlich war zu jener Zeit das so genannte »Stockholm-Syndrom« noch völlig unbekannt, jenes absurde Verhalten also, einen Entführer nicht zu hassen, sondern sich in ihn zu verlieben. Sicher ist aber, dass sich Briseïs glücklich geschätzt hätte, Achill auf immer und ewig als Sklavin dienen zu dürfen. Und als sie dann in Agamemnons Harem landete, machte sie ihrem vorherigen Herrn bittere Vorwürfe, nicht alles dafür getan zu haben, um sie behalten zu können.

»Sicher, du bist beleidigt, aber nur, weil man es dir an Respekt hat fehlen lassen«, schrieb sie ihm. »Würdest du mich tatsächlich lieben, hättest du dich mehr angestrengt, um Agamemnon einen Strich durch die Rechnung zu machen.«

Von Briseïs an Achill

O Sohn des Peleus,
der Brief, den du jetzt liest, kommt von der geraubten Bri-
seïs. Verzeih bitte die vielen Fehler, aber ich bin des Griechi-
schen nicht so mächtig, und die Flecken, die du erblickst,
stammen von bitteren Tränen.
Ich weiß, es ist nicht deine Schuld, dass man mich dem
König so schnell auf sein Verlangen hingab. Aber du hast
mich auch nicht so verteidigt, wie es in deiner Macht ge-
standen hätte. Zumindest einen Aufschub hättest du errei-
chen können, und Zeus allein weiß, wie sehr ich mich über
einige Tage mehr an deiner Seite gefreut hätte. So aber war
ich gezwungen, dein Zelt zu verlassen, ohne dir auch nur
einen Abschiedskuss geben zu können. Aus Verzweiflung
zerriss ich mir die Locken, vergoss Tränen ohne Maß: aber
es war sinnlos, denn du warst nicht da.
Viele Tage und Nächte, in denen wir uns nicht sahen,
sind seither vergangen. Aber du suchst mich nicht, bean-
spruchst mich nicht für dich. Darum sage ich dir: Dein
Zorn ist lau, viel zu lau, im Vergleich zur Tiefe meiner
Liebe zu dir. Womit habe ich deine Gleichgültigkeit ver-
dient? Und auch wenn man mir berichtet, du seist wegen
dieser Angelegenheit furchtbar beleidigt, so frage ich mich:
Ist dein Zorn nicht eher mangelndem Respekt geschuldet
als dem Schmerz darüber, dass du mich verloren hast?

Die Mauern der Stadt Lyrnessos sah ich fallen, sterben sah ich meinen Gatten und meine Brüder. Dennoch hätte mich deine Liebe für all das entschädigen können. An jenem entsetzlichen Tag wurdest du für mich Herr, Bruder und Bräutigam. Ich selbst vernahm, wie du bei deiner göttlichen Mutter schworst, mich für immer zu lieben. Und dann, kurz darauf, gibst du mich so leicht her. Überallhin wäre ich dir gefolgt, die schändlichsten Arbeiten hätte ich für dich verrichtet, Tag und Nacht hätte ich für dich am Spinnrad gesessen, wäre sogar die Sklavin deiner rechtmäßigen Braut für dich geworden. Und nur eins hätte ich dafür verlangt: nicht in ihrem Beisein von dir erniedrigt zu werden. Und nun bitte ich dich ein letztes Mal: Gib mich nicht so leicht preis! Begib dich zu Agamemnon und verlange mich zurück. Und wisse, dieser hochmütige König hat mich bis heute noch nicht besessen. Mach dich auf und laufe eilenden Schrittes zu mir, deiner Sklavin, für immer.

Briseïs, Tochter des Briseus

Medeia und Iason

Die wahren Hauptfiguren dieses Mythos sind nicht, wie so mancher glaubt, Medeia und Iason, sondern Hass und Liebe. Welches Gefühl wird sich am Ende durchsetzen? Das werden wir herausfinden. Die Geschichte beginnt mit dem Zug der Argonauten.

Im 12. Jahrhundert v. Chr. (auf ein Jährchen mehr oder weniger kommt es hier nicht an) wurde Iason bei seinem Onkel Pelias, dem König von Iolkos, vorstellig und verlangte von ihm den Thron zurück, den dieser ihm durch einen Staatsstreich weggeschnappt hatte. Iason war nämlich der einzige Überlebende eines furchtbaren Gemetzels, das Pelias Jahre zuvor unter seiner Familie angerichtet hatte: Und zwar tötete der Tyrann eines Nachts seinen schlafenden Bruder Aison und dann anschließend nacheinander dessen Söhne. Nur Iason kam mit dem Leben davon, dank des Gespürs seiner Mutter Alkimede. Diese hatte, noch bevor das Blutbad begann, die Nachricht verbreiten lassen, ihr kleiner Iason sei bei der Geburt gestorben, und sich dann mit einer Schar Klageweiber umgeben und ihren Sohn lange öffentlich beweint. Als Iason dann zu einem jungen Mann herangewachsen war, kehrte er nach Iolkos zurück und machte nun vor Pelias seine Ansprüche auf den Thron geltend. Pelias wusste nun nicht, wie er sich vor Iason aus der Affäre ziehen sollte. Er druckste eine Weile herum und erzählte ihm dann eine eigenartige Geschichte. Jede Nacht werde er, so erzählte er, vom Geist eines gewissen Phrixos gequält, und zwar wegen eines Widderfells, besser bekannt als das »Goldene Vlies«, das dieser in einem Hain im fernen Kolchis vergessen habe. »Geh, o Iason, und bring mir dieses Widderfell, und ich werde dir mit Freuden das Reich deines Vaters überlassen.«

Um der Wahrheit die Ehre zu geben: Pelias hatte an dem Goldenen Vlies nicht das geringste Interesse. Er baute nur darauf, dass der junge Mann von der Reise in jenes kalte unwirtliche Land nicht mehr zurückkehren würde. Aber egal wie, jedenfalls begann so der berühmte »Zug der Argonauten«. Dazu heuerte Iason sechsundfünfzig arbeitslose griechische Rambos an, die man damals Helden nannte, und machte sich auf den Weg in das ferne, am äußersten östlichen Ufer des Schwarzen Meeres gelegenen Kolchis. Unter anderem nahmen folgende Männer an der Expedition teil: Akastos, Admetos, Butes, nicht zufällig als Butes der Argonaut bekannt, Kastor und Pollux, Meleagros, Orpheus und Peleus, der Vater Achills.

Kolchis muss zu jener Zeit so etwas wie eine Hölle für Lebende gewesen sein. Mal abgesehen von den rauen klimatischen Bedingungen war die Gegend auch bekannt für die Brutalität ihrer Bewohner und ihres Herrschers Aiëtes. Diodoros Siculus beschreibt das Land in seiner *Historischen Bibliothek* folgendermaßen.

Es ist bewohnt von barbarischen Völkern, die jeden töten,
der es wagt, ihr Reich zu betreten. Nicht zufällig wird ihr

Meer Axenos genannt, also »Feind aller Frem-
den«.

(Diodoros Siculus, *Historische Bibliothek*, IV, 40)

Und um das Maß voll zu machen, ließ König Aiëtes das
Vlies dazu auch noch von einer Reihe finsterer Wesen be-
wachen: von einem Drachen, der niemals schlief und mit
einem einzigen Atemzug jeden im Umkreis von einem Kilometer töten konnte, einer Schar Krieger, die plötzlich aus
den Erdfurchen erwuchsen, sowie zwei flammenwerfenden Stieren. Ich verzichte hier darauf, in aller Ausführlich-
keit zu berichten, wie Iason die schier unlösbare Aufgabe
meisterte.* Nur so viel: Ohne die Hilfe Medeias, der jüngs-
ten Tochter von König Aiëtes, hätte er es niemals geschafft,
an das Vlies zu kommen.

Medeia war nicht nur schön, sondern verfügte auch über
magische Kräfte; das war nicht verwunderlich, war sie
doch eine Tochter der Zauberin Hekate, die ihrerseits wiederum eine Tochter der berühmten Kirke war. Und dass
sich Medeia in Iason verliebte, dafür sorgte Aphrodite persönlich, unterstützt von ihrem Sohn Eros und seinen Lie-
bespfeilen.

Im Rausch der Leidenschaft verriet die Königstochter
dann ihren Vater und rüstete Iason mit einer Reihe von
Zaubermitteln aus: zum Beispiel einer Brandsalbe, sodass
ihm die flammenwerfenden Stiere nichts anhaben konnten, und einem Spray, das er dem nimmermüden Drachen
nur in die Augen zu sprühen brauchte, um ihn endlich mal

---

* Wer mehr darüber erfahren will, kann in folgenden Werken nachlesen:
Apollonios Rhodios, *Die Argonauten;* Diodoros Siculus, *Historische
Bibliothek;* Pindar, *Vierte Pythische Ode;* und, warum auch nicht, in
dem Büchlein, das ich zu dem Thema verfasst habe: Luciano De Crescenzo, *Als Männer noch Helden sein durften.*

ein Nickerchen machen zu lassen. Kurzum, dank der magischen Künste seiner Geliebten schnappte sich Iason das Goldene Vlies und verließ, begleitet von Medeia und deren jüngerem Bruder Apsyrtos, Hals über Kopf das garstige Land. Aber auch König Aiëtes brachte in aller Eile ein Schiff zu Wasser und machte sich auf die Verfolgung.

Und so kam es zum grausigen Höhepunkt der Geschichte: Das Schwarze Meer liegt schon fast hinter den Fliehenden, die Dardanellen sind bereits in Sicht, aber König Aiëtes ist ihnen immer noch auf den Fersen. Er kommt immer näher und wird sie gleich eingeholt haben. Besorgt stehen Iason und Medeia an Deck und beobachten, wie ihr Vorsprung dahinschmilzt. Da macht Iason seiner Geliebten einen entsetzlichen Vorschlag.

»Mein Schatz«, spricht er zu ihr, »das Schiff deines Vaters ist schneller als das unsere. In wenigen Augenblicken wird er uns erreicht haben. Was hältst du davon, wenn wir deinen Bruder Apsyrtos töten und ihn ins Wasser werfen. Wenn dein Vater die Leiche auf dem Wasser treiben sieht, bleibt ihm nichts anderes übrig, als die Fahrt zu verlangsamen, um den Toten zu bergen.«

Und nun raten Sie mal, was Medeia zu diesem ungeheuerlichen Vorschlag zu sagen hat.

»Ach Geliebter, das ist ja eine wunderbare Idee! Aber ich fände es noch besser, wenn wir Apsyrtos zunächst zerteilen und dann Stück für Stück ins Wasser werfen würden. Dann müsste mein Vater öfter anhalten.«

Was für ein Gaunerpärchen!

Apollonios Rhodios zufolge soll sogar ein Schiffsmast bei diesen Worten empört ausgerufen haben:

»Mörder, verflucht seid ihr! Aber Zeus ist euer Tun nicht entgangen. Er wird euch strafen!«
(Apollonios Rhodios, *Die Argonauten*, IV, 586 ff.)

So gelangen die beiden heil nach Iolkos, wo Iason nun, wieder mit Medeias Hilfe, die Macht an sich reißen kann. Sie leben einige Zeit zusammen, Medeia schenkt ihm zwei Kinder, aber eines Tages steht sie ihm plötzlich im Wege, und er wendet sich von ihr ab. Warum? Ganz einfach: Iason hat es auf die Herrschaft über Korinth abgesehen und will dazu Glauke heiraten, eine Tochter des dortigen Königs Kreon. Wie nicht anders zu erwarten, ist Medeia völlig außer sich und beschimpft und verflucht ihn. Iason versucht sie zu beruhigen, indem er ihr erklärt, was er mit der Heirat bezweckt.

»Meine liebe Medeia«, sagt er zu ihr, »Glauke bedeutet mir überhaupt nichts. Wenn ich sie aber heirate, werde ich einmal das Königreich Korinth erben, und uns allen ist eine glückliche Zukunft beschieden. Ja, auch dir. Du siehst ja selbst, dass unser Iolkos im Vergleich zu Korinth nicht viel mehr als ein Dorf ist. Nach der Hochzeit aber können wir alle glücklich zusammenleben: du, ich, Glauke, die Kinder, die ich mit dir habe, und die Kinder, die ich mit Glauke haben werde!«

Neben Ovid haben auch zahlreiche andere Autoren Medeias Geschichte aufgegriffen. Nicht nur die schon erwähnten Euripides, Apollonios Rhodios und Diodoros Siculus, sondern auch die ebenfalls griechischen Autoren Pindar und Pausanias sowie die römischen Dichter Ennius, Accius und Varro Atacinus.

Den nachfolgenden Brief soll Medeia geschrieben haben, kurz bevor sie eine ganze Reihe von grausamen Racheakten in die Tat umsetzt. Sie will die Rivalin Glauke sowie deren Vater Kreon aus dem Weg räumen, aber sie spürt auch, dass diese beiden Morde ihre aufgewühlte Seele noch nicht zur Ruhe kommen lassen werden. Iason soll noch entsetzlicher leiden. Und so beschließt sie, auch die Kinder zu töten, die sie mit Iason hat. Ja, ihre eigenen Kinder! Medeia ist innerlich zerrissen. Auf der einen Seite steht die Mutterliebe, auf der anderen der unbändige Hass auf den Mann, der sie verlassen hat. Besonders ergreifend ist die Stelle bei Euripides, wo Medeia ihre Kinder, bevor sie sie erdolcht, noch einmal bittet, sie zu umarmen.

> *»(...) Kommt, schenkt,*
> *Der Mutter schenkt die rechte Hand zum letzten Gruß!*
> *O allerliebste Hand, o allerliebstes Haupt,*
> *O liebliche Gestalt, o edles Angesicht!*
> *Seid glücklich in der untern Welt, denn diese nahm der Vater euch. Umarmt mich! – Welche Seligkeit!«*
> (Euripides, *Medeia*, 1071 ff.)

Und ebenso schön ist die Stelle, die beschreibt, wie Medeia noch zweifelt. Zunächst gemahnt sie sich: »O Herz, lass ab!« Dann ruft sie: »O Hand, bebe nicht!« Und schließlich packt sie die Furcht, zum Gespött der Menschen in Iolkos zu werden.

> *»Allein der Feinde Spott ertragen, kann ich nicht.*
> *Doch mit der Götter Hilfe büßet er mir heut'!*
> *Er wird die Knaben, die ich ihm gebar, fortan*
> *Lebend nie mehr erblicken.«*
> (Ebda., 785 ff.)

Und als Iason die leblosen Körper seiner Kinder entdeckt, spricht er weinend zu ihr: »Was hast du getan? So Furchtbares hätte kein hellenisches Weib gewagt! Aber auch du trauerst und trägst dasselbe Leid wie ich.« Und Medeia erwidert: »Ja, ich leide. Aber den Hohn verdarb ich dir. Und das tröstet mich.«

Von Medeia an Iason

O Iason, dir schreibt deine verachtete und verlachte Medeia. Sie hofft, dass du, beschäftigt wie du bist mit den Belangen deines neuen Königreiches, wenigstens Zeit findest, diesen Brief zu lesen. Doch erinnere dich: Als du damals in meinem Königreich Kolchis eintrafst, nahm ich mir viel Zeit, um dir mit all meinen Künsten zu helfen. Aber ich war eben eine Zauberin, und als solche dir sehr von Nutzen.

Manchmal frage ich mich, warum fuhr, von starken Armen durch die Wogen getrieben, dein Schiff ausgerechnet zu unseren Gestaden? Und warum warfen wir Kolcher euch nicht zurück aufs offene Meer? Warum gefielen mir bloß so sehr deine blonden Locken, deine Schönheit, der Dank, den deine Zunge mir log? Ach wäre ich doch an jenem Tage gestorben! Die Jahre, die darauf folgen sollten, waren für mich nur Jahre der Qual. Und wieder frage ich mich: Warum bist du nicht in den Flammen des Stieres verbrannt oder gestorben unter den Hieben der Krieger, die den Furchen entsprangen, unter dem todbringenden Hauch des stets wachen Drachens? Wie viel Schlechtigkeit wäre mit dir gestorben, hätten diese Ungeheuer dich überwältigt, und wie viel Unglück, wie viel Leid wäre mir erspart geblieben, wenn ich dir nicht geholfen hätte.

An dem Tag, da ich dich zum ersten Mal sah, begann mein Leidensweg. Ich erblickte dich und war verloren. Vor Leidenschaft brannte ich, fichtenen Fackeln gleich. Du warst so schön, und mein Schicksal war besiegelt:
Den Verstand hatte dein Blick mir geraubt, und dies, Treuloser, hast du bemerkt. Liebe lässt sich eben nicht verbergen. Eine Flamme leuchtet durch ihre Glut ja sogar im Dunkeln.
Du warst damals nicht reicher und nicht mächtiger als viele andere Männer auch. Glauke, die Tochter des großen Kreon, hatte noch nicht als Mitgift die Reichtümer ihres Landes in eure Ehe eingebracht. Erinnerst du dich noch an jenen Tag, als wir beide heirateten? Es war in einem Hain aus dichten Eichen, durch den kaum ein Sonnenstrahl drang. Dort steht ein Tempel der Artemis, und hier war es, wo du voller Trug auf mich einzureden begannst und mir ewige Liebe versprachst. »Eher will ich sterben, als eine andere als dich wählen zum Weib.« Ja, das waren deine Worte. So lautete dein Schwur. Und ich, unerfahrenes Mädchen, glaubte dir. Deine rechte Hand reichtest du mir zum Schwure, und Tränen sah ich sogar – war auch dies ein Kunstgriff zum Trug nur? Alles hätte ich für dich getan. Und mit meiner Hilfe konntest du nun, ohne Schaden zu nehmen, die erzfüßigen Stiere ins Joch zwingen, die Krieger erschlagen, die sich, um das Vlies zu schützen, auf dich stürzten, und dem Drachen, der sich mit rauschenden Schuppen zischend dir nahte, mit meinem Zaubermittel zum Schlaf die Augen schließen.
Meine Jungfernschaft habe ich dir geschenkt. Für dich verriet ich meinen Vater, meine Mutter, meine Schwestern und mein Vaterland. Und was ich meinem Bruder antat, das weigert sich meine Hand auch nur niederzuschreiben. Du nahmst mich mit in dein Land, wie eine in der Schlacht er-

rungene Siegestrophäe. Und als du genug von mir hattest,
sprachst du ohne Scham zu mir: »Fort aus diesem Haus,
Tochter des Aiëtes.« Und ich gehorchte und verließ dein
Haus zusammen mit meinen beiden Knaben und der Liebe
zu dir, die mich niemals verlässt. Doch plötzlich drang ein
Hochzeitslied an mein Ohr, entbrennen sah ich Fackeln in
leuchtender Glut, und ich hörte die Flöte, die für dich und
deine neue Braut die Hochzeitsweise spielte. Lange weinte
ich an jenem Tag, und mit mir weinten meine Sklaven. Ich
sah es, obwohl sie versuchten, ihre Tränen zu verbergen.
Dann aber sprach der jüngere unserer Söhne zu mir: »O
Mutter, ich sah Iason, unseren Vater, an der Spitze eines
Hochzeitszuges. Goldne Gewänder trug er.« Da zerriss ich
mein Kleid und zerkratzte mir mit den Nägeln die Brüste.
Mich trieb es, mich hinein in die Mitte des Zuges zu stür-
zen und dir den Kranz vom geschmückten Haar zu reißen.
Doch einer meiner Sklaven hielt mich zurück.
Ach, ich Unglückliche! Schlangen und wütende Stiere be-
zwang ich, nicht aber zähmen konnte ich den Mann, den
ich liebe. Mit Zauberkraft bändigte ich das wilde Feuer,
nur vor der eigenen Glut selbst mich zu schützen misslang.
Zaubergesänge und Künste und Kräuter lassen im Stich
mich. Drachen gab einst ich Schlaf und kann ihn mir jetzt
selbst nicht beschaffen. Der Leib, den ich einst beschützt,
hält jetzt eine andere umfangen. Doch hoffe nicht, dass ich
vergesse. Denn solange es Schwerter gibt und Schlangen
und giftige Säfte, wird, wer Medeias Feind, niemals unge-
straft sein. Doch was hat es für einen Sinn, jetzt schon die
Strafe zu verraten. Furchtbare Drohungen bringt mein
Zorn jetzt mit sich für euch. Vielleicht reut die Tat mich:
Aber es reut mich ja auch, dass ich dir, Treuloser, half!
Furchtbar ist jedenfalls, was im Sinne ich trag!

Medeia, Tochter des Aiëtes

Phyllis und Demophon

Phyllis' Geschichte ist der typische Fall einer verführten und dann sitzen gelassenen Frau. Der schöne Demophon war ein typischer Latin Lover (abends aufreißen, morgens fallen lassen), Phyllis hingegen ein zartes Mädchen, das zum ersten Mal mit der Liebe Bekanntschaft machte. Demophon erblickte sie, machte ihr ein wenig den Hof, versprach ihr das Blaue vom Himmel und schleppte sie ab. Nachdem er auf seine Kosten gekommen war, ließ er sie links liegen und ließ sich nie mehr bei ihr blicken. All dies geschah in Thrakien zu Zeiten des Trojanischen Krieges.

Phyllis war eine Tochter des bisaltischen Königs, Demophon ein Sohn von Theseus (wie der Vater, so der Sohn). Es liegt nun an uns zu beurteilen, wer von den beiden die größere Schuld an der Tragödie trägt: Er mit seinen falschen Liebesschwüren oder sie mit ihrer Naivität, die schon an Dummheit grenzt. Schließlich gehört es dazu, dass während des intimen Zusammenseins Worte fallen wie: »Ach, du bist wunderbar. Ich liebe dich. Ich will von nun an immer mit dir zusammen sein bis an unser Lebensende.« Aber es gehört auch dazu, dass diese Worte von dem, an den sie gerichtet sind, als das aufgefasst werden, was sie tatsächlich sind: ein Ausdruck der körperlichen Erregung, ähnlich wie das Stöhnen. Wer von euch ohne Sünde ist, der werfe den ersten Stein.

Die Angelegenheit nahm jedoch eine tragische Wendung: Demophon hatte Phyllis versprochen, er werde beim nächsten Vollmond zu ihr zurückkehren, und bei jedem Vollmond ging die arme Phyllis über einen Pfad, der später »Pfad der neun Monde« genannt wurde, von ihrem Schloss zum Strand. Immer vergeblich. Kein Schiff zeichnete sich am Horizont ab, und von Demophon keine Spur. Nach dem neunten Mal gab Phyllis alle Hoffnung auf, leerte einen Kelch mit Gift und fuhr hinab in die Unterwelt.

Die traurige Geschichte soll die Göttin Athene so gerührt haben, dass sie auf Phyllis' Grab einen blühenden Mandelbaum wachsen ließ. Und als dann Demophon nach Thrakien zurückkehrte und das Unheil sah, das er angerichtet hatte, soll er den Baum umarmt haben, woraufhin alle Bäume im weiten Umkreis ihre Blätter verloren. Und von diesem Tage an nannten die Griechen Blätter *phyllás*, nachdem sie zuvor noch *petalas* geheißen hatten.

Aber wo lag nun Phyllis' Fehler? Ganz einfach darin, dass sie sich in ihrem Kummer abgeschottet hatte. Ovid selbst weist sie in seinen *Remedia amoris* darauf hin.

Wenn du liebst, unglücklich liebst, bleib nicht allein.
Nur Menschen schenken dir Geborgenheit.
Wie traurig die Nacht,
wenn die Freunde nicht bei dir sind.
(Ovid, *Remedia amoris*, 580–585)

Doch Phyllis war so töricht, allein zu bleiben, mutterseelenallein, ohne irgendeinen Menschen, dem sie ihren Liebeskummer hätte klagen können. Bei jedem Neumond ging sie ans Meer und suchte den Horizont ab, um sich dann weinend in den Sand zu werfen.

> *»O du heimtückischer Demophon«, rief sie schluch-*
> *zend*
> *den Wogen zu, die keine Ohren haben, »warum lässt*
> *du*
> *mich vergeblich warten? Warum hast du mich hier,*
> *allein, in Tränen aufgelöst, an diesem Strand*
> *zurückgelassen?«*
> (Ebda., 597–604)

Mit einem Menschen, bei dem sie ihrem Herzen hätte Luft machen können, wäre die Situation schon viel leichter zu ertragen gewesen. Vielleicht der Mutter oder einer Freundin, einer Dienerin oder, warum auch nicht, einem anderen Mann. Der Wald hätte nicht so viele Tränen vergossen und besäße vielleicht heute noch sein Laubwerk.

Aber auch für Demophon lief fortan nicht alles glatt. Ganz im Gegenteil. Apollodoros erzählte, Phyllis habe ihm einen Schrein geschenkt, den er erst öffnen solle, wenn er sicher sei, dass er sie niemals mehr wiedersehen wolle. Und der Jüngling öffnete den Behälter, während er auf seinem Hengst unterwegs war, und aus dem Schrein entwich ein gruseliges Gespenst, sodass das Reittier scheute und Demophon abwarf. Dabei fiel Demophon in sein eigenes Schwert und wurde durchbohrt. Friede seiner Asche.

Hier nun der Brief, den Phyllis an Demophon schrieb, nachdem sie viermal hintereinander vergeblich bei Vollmond auf ihn gewartet hatte.

Phyllis an Demophon

Lieber Demophon,
ich bin deine Phyllis aus Thrakien, jene Frau, die dich einst
so voller Liebe bei sich aufnahm. Und ich klage, dass du
länger mir fehlst, als dein Schwur es versprach. Wenn sich
die Hörner des Mondes einmal zum Kreise vereinten, woll-
test du vor meiner Küste wieder vor Anker gehen. Viermal
verbarg sich nun schon der Mond, und viermal rundete
er sich wieder, doch kein attisches Schiff trieb das thra-
kische Meer zu mir. Zählst du die Tage (und wir, die wir
lieben, zählen sie gewiss), weißt du, wie berechtigt meine
Klage ist.
Doch ich hoffte weiter und hoffe immer noch. Alle Ver-
mutungen, die Schmerz bedeuteten, weigerte ich mich zu
glauben. Doch die Wahrheit ist, dass du mich belogen
hast, auch wenn mein Herz es sich immer noch nicht ein-
gestehen will. Seit deiner Abreise habe ich nichts anderes
getan, als mich selbst zu belügen: Ich habe deinen Vater
Theseus verflucht, weil ich dachte, er sei es, der dich hin-
dert, zu mir zurückzukehren. Ich fürchtete, Stürme hätten
dich gegen Klippen geworfen und dein Schiff zerschellen
lassen. Den Göttern brachte ich Opfer, ließ Weihrauch
vom Altar flammen, damit sie dir günstige Winde senden.
Alles, was ich tun konnte, habe ich getan, alles, was ich
mir vorstellen konnte, habe ich mir vorgestellt, um immer
wieder einen Grund zu finden, der dein Verhalten hätte
entschuldigen können. Doch du, o Demophon, hast mit
den Segeln auch deine Worte in den Wind gegeben, und
die Segel waren es, die dich hinwegführten von mir, für im-
mer.
Was ist bloß aus den Schwüren geworden, den Treueuer-
sprechen, wo ist deine rechte Hand, die die meine drückte,

und jener Gott der Liebe, den dein verlogener Mund so oft anrief? Ach, ich Rasende, ließ deine Schiffe, die der Sturm zerschlagen, aufbauen, dass du mich dann treulos auf ihnen verließest, gab dir ein Ruder, mit dem du von mir zu fliehen verstandest. Die Wunden, die mich am meisten schmerzen, habe ich selbst mir beigebracht, mit meinen eigenen Pfeilen. Ich glaubte deinen süßen Worten, deinen Tränen, den Göttern, bei denen du schworst, und ich frage mich, wozu die vielen Versprechen, da doch schon eines gereicht hätte, um mich zu verführen und für immer zu der deinen zu machen.

Nicht bereue ich, dass im Hafen, im Hause, ich dich auf- nahm. Doch tief bereue ich, dass ich dem Gaste Liebe gegeben und Seite an Seite mit ihm hier im Palaste ruhte. Wäre die Nacht vorher doch meine letzte gewesen! Doch du, willst du dich wirklich mit deiner Tat brüsten? Nein, das ist nichtiger Ruhm, ein vertrauensseliges Mädchen zu täuschen. Ich hoffe, dass jemand dir einmal inmit- ten deiner Stadt ein Denkmal errichtet, eine Statue nach deinem Bildnis, mit folgender Inschrift versehen: »Dieser Mann missbrauchte voller List die Liebe, die Phyllis ihm gab.«

Niemals vergessen werde ich den Tag, da du von mir fort- gingst. Der Anker deines Schiffes war schon gelichtet, in Erwartung, dass auch du an Bord gingst. Du nahmst mich in den Arm, und wagtest es dann sogar, mich zu küssen. Lange blieben unsere Lippen vereint. Deine Tränen misch- ten sich in die meinen. Bevor du das Schiff bestiegst, sprachst du noch zu mir: »O Phyllis, ich flehe dich an, warte auf deinen Demophon!« Und ich Närrin sitze tat- sächlich hier und warte. Laufe voll Schmerz über Klip- pen und buschige Ufer. Sehe ich ein Segel dann wehen, das ganz in der Ferne sich nähert, glaube ich, es hätte mein

Gott mich endlich gnädig erhört. Dann eile ich ins Meer hinein, von den Wogen nur leise gehindert, doch nähern die Segel sich dann, schwindet die Kraft mir, und taumelnd sink ich zurück in meiner Sklavinnen Arm.

Phyllis, Tochter des Philleos

Sappho und Phaon

Es ist allgemein bekannt, dass die Poetin Sappho dem weiblichen Geschlecht zugetan war. Was aber nur wenige wissen: Im höheren Alter verlor sie wegen eines Mannes den Kopf.

Er hieß Phaon und war ein alter Fährmann, der Touristen vom Festland zur Insel Lesbos hinüberfuhr. Eines Tages ließ sich ein altes Weiblein von ihm übersetzen. Bei ihrem Anblick – sie hatte ein runzliges Gesicht und ging tief gebeugt – erfasste ihn Mitleid, und so verzichtete er auf eine Bezahlung für seine Dienste. Tatsächlich war das alte Weiblein aber die Göttin Aphrodite persönlich, die ihm nun, um seine gute Tat zu belohnen, eine Zaubersalbe schenkte, durch die er wieder jung werden konnte. Ja, er brauche sich nur, so erklärte sie, damit einzucremen, um zum schönsten Mann der ganzen Welt zu werden. Und so war es. Kein Wunder also, dass sich alle Frauen der Insel Lesbos, darunter auch die Dichterin Sappho, in Phaon verliebten.

Natürlich nahm die Geschichte keinen glücklichen Verlauf. Andernfalls hätte Ovid sie ja auch nicht in seine *Heroides* aufnehmen können, sind diese doch, das wird mittlerweile klar geworden sein, nichts anderes als eine lange Auflistung verschiedener Liebesleiden. Was wäre das auch für eine Liebe, die kein Leid hervorbringt?

Doch kehren wir zu unserem Phaon zurück. Der Fährmann, dem mittlerweile klar war, dass er auf Lesbos jeden Tag eine andere haben konnte, gab der Dichterin nach einer kurzen Bettgeschichte brutal den Laufpass und machte sich mit einer schönen, schwarz gelockten Sizilianerin auf nach Catania. Ein schwerer Schlag für die arme Sappho, die zunächst auf der Suche nach ihm durch ganz Griechenland irrte und sich dann in ihrer Verzweiflung von der höchsten Klippe der Insel Leukas (dem so genannten Leukadischen Felsen) hinabstürzte und verstarb. Ovid zufolge soll es eine Naiade, vielleicht sogar die Göttin Aphrodite persönlich gewesen sein, die sie zu der Tat bewog. Denn nur das Meer, so redete man ihr ein, sei in der Lage, ihren Liebeskummer zu lindern, und so sprang Sappho in die Tiefe.

Unter Ovids imaginären Liebesbriefen ist der von Sappho der pikanteste. Vielleicht nicht verwunderlich, denn schließlich galt sie schon im Altertum als die erotische Dichterin schlechthin. Die schönste Stelle des ganzen Briefes ist und bleibt aber jene, wo Sappho Phaon bittet: »Lieben sollst du mich nicht – gib, dass ich lieben dich darf!« (Ovid, *Heroides*, XV, 96)

Ich selbst richtete diese Worte einmal an eine Klassenkameradin. Aber es hat nichts genützt – sie hat mich dennoch verlassen.

Von Sappho an Phaon

O Phaon,
erkennst du sogleich, wer diesen Brief, von gelehrter Hand,
dir geschrieben, oder wüsstest du nicht, wenn du den
Namen Sappho nicht läsest, wer dieses kleine Gedicht

dir schickt? Elegien schreibe ich dir, denn Elegien sind schmerzvolle Weisen, und Schmerz bringt die Liebe für mich. Ach, ich brenne, wie wenn auf dem fruchtbaren Acker die Saat brennt, wenn unbändig der Sturm ringsum die Flamme noch braust. Mich verzehrt eine Glut wie sie im Ätna flammt. Singen kann ich nicht mehr, denn singen kann das Herz nur, wenn es unbeschwert ist! Die Mädchen von Lesbos reizen mich nicht mehr, Pyrrha nicht und auch nicht Methyme. Anaktoria und Atthis und die strahlende Kydro, die ich einst geliebt, bedeuten mir nichts mehr.

Du bist so schön und so jung, wie für die Liebe geschaffen. Nimmst du die Lyra, den Köcher dazu, dann bist du Apollon. Wüchsen dir Hörner am Kopf, dann könntest Dionysos du sein.

Mir selbst hat die Natur stiefmütterlich Schönheit verweigert. Zuweilen tröste ich mich und sage mir: Klein ist meine Gestalt, doch mein Name ist groß, geben die Musen mir doch die zärtlichsten Lieder ein: Ein jeder kennt mich, ein jeder lobt mich, ein jeder beneidet mich. Wohl wahr, schön bin ich nicht, doch wenn ich meine Lieder singe, werde ich wunderschön. Als du meine Verse lasest, da bin ich dir reizend erschienen. Sang ich dir vor, gabst beim Singen Küsse du mir. Ich gefiel dir in jeder Beziehung, aber am meisten doch während des Liebesspiels! Dann gefiel dir mehr als sonst die Freiheit meiner Leidenschaft, mein bewegliches Spiel, scherzende Worte dazu. Und dass, wenn die höchste Lust in uns beiden verklungen, oft meinen matten Leib tiefe Erschöpfung umfing.

Erblicktest du mich jetzt, o Phaon, wärest du bestürzt: Zerzaust fällt auf die Schultern mein Haar. Schlecht ist mein Kleid, kein goldener Reif in den Haaren befestigt. Doch ich frage dich: Wozu soll ich mich schmücken, da du, der ein-

zige Mensch auf Erden, nach dem es mich verlangt, so weit fort bist von mir?

O mein Angebeteter, der du noch nicht ganz Mann bist und doch auch kein Kind mehr – kostbares Alter! –, komm doch, du Schöner, zu mir, an meine Brust kehre wieder: Lieben sollst du mich nicht – gib, dass ich lieben dich darf! Ach, ich schreibe, und Tränen entquellen wie Tau meinen Augen. Vielleicht sollte ich dir dies alles nicht gestehen. Scham und Liebe vertragen sich nicht. Wie oft träume ich, dass ich meinen Kopf auf deine Brust bette. Andere Male fühle ich die Küsse, die du mir geschickt mit der Zunge gabst und die ich ebenso geschickt aufnahm und dir zurückgab. Und dann liebkose ich dich, drücke dich an mich, küsse überall deinen Leib – doch halt. Mehr zu erzählen verbietet die Scham mir.

Einige Tage ist es her, da besuchte ich jenen Hain, wo wir uns zum ersten Mal trafen. Ich erkannte die Wiese wieder und sah das zerlegene Gras darauf. Das Gewicht unserer Körper hatte die Gräser zerdrückt! Nieder legte ich mich und berührte die Stelle, wo du lagst: Einst gab die Wiese mir Wonne, nun trank sie meine Tränen. Selbst die Bäume um mich her weinten und warfen das Laub ab. Und kein Vogel klagte süß jetzt mehr mit trauerndem Lied.

Da plötzlich trat eine Naiade vor mich und sprach: »O Sappho, willst du deinem Leid ein Ende machen, so eile nach Leukas und springe dort ohne Furcht vom Felsen hinab. Von dort stürzte sich auch Deukalion aus Liebe zu Pyrrha einstmals hinab, und die Flut nahm unverwundet ihn auf, und Deukalion sah sich von der Liebe befreit.«

Nach diesen Worten verschwand sie sofort. Ich erhob mich erschrocken. Ach, meiner Tränen Last hielten die Augen nicht mehr. Ja, ich will gehen, o Nymphe, und mir diesen

Felsen suchen. Fort mit der Furcht, die ja längst Wahnsinn der Liebe bezwang! Komme was will – es kann Besseres nur sein. Nehmt mich auf, ihr Lüfte. Und du, Amor, breite aus, wenn ich falle, deine Schwingen.

O Phaon, so sage mir, willst du Segel setzen und den An- ker lichten, um doch zu mir zurückzukehren? Oder macht es dir Freude, mich weiterhin zu meiden. So sage es mir Ar- men mit einem grausamen Brief, dass ich mein Schicksal mir dann suche im Leukadischen Meer.

In Liebe, deine Sappho

Helena und Paris

In seinem Film *Totò in der Hölle* gelangt Totò auf der Reise in die Unterwelt in den Bereich der Lüstlinge und begegnet hier einigen der verrufensten Seelen der Antike. Bei ihm ist der neapolitanische Schauspieler Dante Maggio, der ihm, ähnlich wie Vergil, die dorthin verbannten Damen Kleopatra, Messalina und Helena vorstellt. Mit Letzterer halten die beiden dann ein längeres Schwätzchen, aber zuvor hat Totò, als ihm die Dame als die »berühmte Helena von Troia« vorgestellt wurde, unwillkürlich ausgerufen: »Troia? Troia? Der Name kommt mir so bekannt vor.«*

Aber war Helena wirklich so ein Luder? Dem Sophisten Gorgias zufolge ganz und gar nicht. Schließlich seien es zum einen der Befehl der Göttin Aphrodite und zum anderen die Überredungskunst von Paris gewesen, die sie dazu gebracht hätten, mit einem wildfremden Mann durchzubrennen. Daher sei es ungerecht, Helena die ganze Schuld zuzuschieben. Kann sich eine Sterbliche, so fragt sich Gorgias, überhaupt dem Willen der Götter widersetzen? Und auch wenn dies möglich wäre, wie könnte sie dann der Macht des Wortes widerstehen, da das Wort doch die wirkungsvollste Waffe sei, die der Mensch jemals erfunden

---

* Ital. *troia*: Hure, d. Übers.

habe. Kurzum, so folgert Gorgias, ist die arme Helena im einen wie im anderen Fall freizusprechen. In den Augen der Nachwelt jedoch war sie ebenso wenig unschuldig wie in denen Totòs, für den eine Frau, die ihren Mann wegen eines anderen verlässt, nichts weiter als eine »Hure« ist. So weit würde ich selbst niemals gehen, schließlich bin ich ein Verfechter des freien menschlichen Willens, aber bei der guten Helena habe auch ich selbst so meine Zweifel: Eine Frau, die entführt wird, packt nicht zuvor die Kronjuwelen ein und zieht auch nicht mit fünf Sklavinnen in Gefangenschaft sowie zwei Maultieren, die mit Sack und Pack, einschließlich des Tafelsilbers, beladen sind.

Liest man die *Ilias* auch nur mit ein wenig Distanz, erkennt man hier die mythologische Version des berühmten Films *Er, Sie und der störende Dritte*, wobei *Er* Menelaos ist, *Sie* Helena und der *störende Dritte* natürlich Paris.

Die erste Szene spielt auf dem Pelionberg, wo gerade die Hochzeit von Thetis und Peleus gefeiert wird. Alle Götter des Olymps haben sich eingefunden, um das Brautpaar hochleben zu lassen. Bis auf Eris, die Göttin der Zwietracht. Die wurde nämlich gar nicht eingeladen, weil Zeus sie nicht dabeihaben wollte. Verständlicherweise, war Eris doch dafür bekannt, dass sie zu allen Feiern in zerrissenen Kleidern und mit einem blutigen Verband um den Kopf erschien. Und als wenn das noch nicht gereicht hätte, hingen ihr stets acht grässliche Bälger am Rockzipfel, die unaufhörlich heulten und jammerten, nämlich Hunger, Not, Vergessen, Schmerz, Entbehrung, Lüge, Fluch und Ungerechtigkeit! Eris aber gedachte, sich wegen der ausgebliebenen Einladung zu rächen, platzte mitten in die Festlichkeiten und warf einen goldenen Apfel auf die Hochzeitstafel, der die Inschrift *kalliste*, also »der Schönsten« trug. Daraus erwuchs der berühmteste *casus belli* der Geschichte, jener des Trojanischen Krieges.

Die drei Anwärterinnen auf den Titel der Miss Olymp waren Athene, Aphrodite und Hera. Um Streitigkeiten mit seiner Gattin Hera aus dem Weg zu gehen, bestellte der Göttervater, dem eigentlich das Urteil zugestanden hätte, einen anderen zum Richter. Und zwar einen ganz gewöhnlichen Sterblichen. Den Schäfer Paris. Dieser war zwar ein Königssohn, nämlich der des trojanischen Königs Priamos, aber zu diesem Zeitpunkt noch nicht öffentlich anerkannt.

Paris war als Säugling ausgesetzt worden, nachdem seine Mutter Hekabe in der Schwangerschaft einen entsetzlichen Traum hatte: Aus ihrem Unterleib waren hunderte von Flammen geschlagen, die sich ausbreiteten und die Mauern Trojas niederbrannten. Dieser Traum war dem Seher Aisakos Anlass genug, König Priamos zu raten, alle in jenen Tagen in Troja geborenen Kinder umbringen zu lassen.

Es gab einen Riesenaufstand, weil sich die Mütter verständlicherweise vehement dagegen wehrten, und Hekabe stand ihnen da in nichts nach. Anstatt den kleinen Paris zu töten, steckte sie ihn in eine Tasche und übergab ihn heimlich dem Schäfer Agelaos, damit dieser den Säugling irgendwo in den Wäldern des Idagebirges aussetze.

Glücklicherweise wurden nun aus irgendeinem Grund, über den immer noch Unklarheit besteht, zu jener Zeit alle ausgesetzten Säuglinge gerettet, besonders dann, wenn es sich um Königskinder handelte. Irgendeine Tiermutter fand sich immer, die sich des Neugeborenen annahm. In unserem Fall war es eine Bärin, die Paris wie ihren eigenen Nachwuchs säugte und beschützte. Nach einiger Zeit kam der gute Agelaos, den Gewissensbisse plagten, zu der Stelle zurück, wo er Paris ausgesetzt hatte, und fand den

Säugling, der munter kreischte und strampelte, als wenn nie etwas gewesen wäre.

So beschloss er, ihn mit nach Hause zu nehmen und gemeinsam mit seinen eigenen Kindern großzuziehen. Und achtzehn Jahre später finden wir Paris nun gesund und munter in den Wäldern des Idagebirges inmitten seiner Schafherde wieder.

Mit den folgenden Versen stellt uns Euripides in seinem Drama *Iphigenie in Aulis* den jungen Mann vor:

> *Als Schafhirte wuchs Paris dort auf,*
> *nahe bei der kristallenen Flut,*
> *wo die Quellen der Nymphen sich ergießen*
> *und rings grün auf Wiesen und Auen*
> *Blumen erblühen, Rosen und Hyazinthen,*
> *zu pflücken von der Göttinnen Hand!*
> (Euripides, *Iphigenie in Aulis*, 1292 ff.)

Kurzum, der junge Mann lebte froh und glücklich in seiner eigenen Welt, als ihm plötzlich drei Frauen von seltener Schönheit erschienen, vollkommen nackt, in Begleitung eines Mannes mit Flügeln an den Füßen. Nun, es sei gleich gesagt: Abgesehen von einer Affäre mit einer Nymphe namens Oinone (wir werden später noch auf sie zu sprechen kommen) hatte Paris sehr wenig Erfahrungen mit Frauen. Die einzigen Dinge, mit denen sich Paris wirklich auskannte, waren Schafe und Käse. Daher muss Paris die Entscheidung darüber, welche der drei Göttinnen nun die Schönste sei, ziemlich schwer gefallen sein. Ganz zu schweigen von den Folgen, die die Wahl, wie auch immer er sich entscheiden mochte, mit sich bringen würde.

Bevor Paris sein Urteil fällte, trat jede Kandidatin vor und bot ihm etwas an. Hera verhieß ihm ein unendlich großes Reich, Athene lockte mit der Aussicht auf Ruhm auf dem Schlachtfeld, Aphrodite aber versprach, ihn mit der schönsten Frau der Welt zusammenzubringen, Helena also, der Gattin von Menelaos, des Königs von Sparta. Dieses letzte Angebot überzeugte ihn auf der Stelle. Aufgerufen, zwischen Macht, Ruhm und Liebe zu wählen, konnte er gar nicht anders, als sich für Letzteres entscheiden. Vielleicht auch, weil dies das Einzige war, was er, zumindest instinktiv, überhaupt verstand. Aber das war natürlich ein großer Fehler. Wegen dieser Wahl brach ein regelrechter Weltkrieg zwischen Ost und West aus, der erste der Geschichte, von dem wir Kenntnis haben. Dazu muss man wissen, dass Helenas Vater Tyndareos, als seine Tochter heiraten wollte, dafür gesorgt hatte, dass alle, die um ihre Hand anhielten, das heißt also, alle unverheirateten Könige Griechenlands, bei den Göttern schworen, die Ehre der Braut in jeder Situation zu verteidigen.

Ovid führt uns in seinen *Heroides* in jene Zeit, als Paris Helena verführen will. Mit dem Versprechen Aphrodites im Hinterkopf ist der junge Mann gerade in Sparta eingetroffen, um sich den Lohn für seinen Urteilsspruch abzuholen. König Menelaos empfängt ihn so gastfreundlich, wie man es sich nur wünschen kann, und gibt sogar ein Bankett zu Paris' Ehren. Am Tag darauf ist er jedoch gezwungen, zu einer Geschäftsreise nach Kreta aufzubrechen, was nun das Vorhaben des Verführers nicht unerheblich erleichtert. Die schöne Helena ihrerseits ist zögerlich: Einerseits möchte sie ihrem Gatten treu bleiben, andererseits kommt sie nicht umhin, sich einzugestehen, dass ihr Menelaos ein grobschlächtiger Kerl ist, ein Feldherr mit einem weit größeren Interesse an Politik als an ihren Reizen. Paris aber brennt vor Leidenschaft wie ein Gymnasiast vor der ersten Liebesnacht. Dies ist nun die Situation, als die beiden Briefe losgeschickt werden: der erste von Paris, der zweite von Helena.

Von Paris an Helena

Ich, der Sohn des Priamos, sende dir, Tochter der Leda, diesen Brief. Zeigen will ich dir damit eine Glut, die vor Liebe brennt. Auch wenn dies gar nicht nötig ist, da ein Feuer immer, auch von weitem, zu erkennen ist, denn sein Schein verrät es. Willst du jedoch wissen, wer der Mann ist, der für dich entflammt, so höre, dieser Mann bin ich, und entbrannt ist das Feuer gleich in dem Moment, als ich zum ersten Mal deinen Namen hörte. Ja, so ist es: Zuerst erblickte ich dich mit dem Herzen, erst dann mit den Augen. Es war Aphrodite, die Göttin der Liebe, die dich mir zur Ehe versprach. Sie war es, die mich zu dir nach Sparta führte. Mild ließ das Wetter sie sein und sorgte für günstige Winde: Denn sie, die Schaumgeborene, herrscht auch über das Meer. Alles begann, als ich noch lebte im Idagebirge, und vor meine Augen trat, von schnellen Flügeln getragen, Hermes, der Götterbote. Mit ihm waren drei Göttinnen von unvergleichlicher Schönheit. »Höre, o Paris«, sprach der Gott zu mir, »ein Kenner der Schönheit bist du, drum schlichte der Göttinnen Streit und wähle, wer die anderen beiden durch ihre Schönheit besiegt.« Glaube mir, alle drei schienen mir des Preises mehr als würdig, doch nur eine durfte ich wählen. Doch bevor ich zu einer Entscheidung gefunden, trat eine von ihnen, Hera nämlich, vor und raunte mir zu, der mächtigste König auf Erden könne ich werden, wenn ich sie zu der Schönsten küre. Dann trat auch die zweite vor, die Göttin Athene, und auch sie ver-

sprach mir hohen Lohn für den goldenen Apfel: Sie gelobte mir, mich zum stärksten und kühnsten Krieger zu machen, den man jemals auf einem Schlachtfeld gesehen. Doch lieblich lächelnd näherte sich dann Aphrodite mir und sprach: »Geben will Liebe ich dir, und die Tochter der herrlichen Leda. Herrlicher noch als diese wird sie sich deiner Liebe hingeben.« Und als Siegerin kehrte sie zum Himmel zurück.

Und seit diesem Moment habe ich nur noch dich vor Augen, ich träume von dir am Tag und in der Nacht im tiefsten Schlaf. Hätte ich nur ein Schiff besessen, noch selbigen Tags hätte ich mich auf die Reise gemacht zu dir. Doch ein einfacher Schäfer war ich nur. Und auch als mich der Vater, der Herrscher Trojas, als seinen Sohn anerkannt hatte und mein Schiff bereits gebaut war, versuchten die Eltern noch, mich von meinem Wunsche abzubringen. Auch meine Schwester Kassandra lief zu mir mit fliegenden Haaren, als die Segel schon gesetzt, und rief: »Ach, wohin stürzest du, du Unbesonnener? Du weißt nicht, wie groß die Glut ist, die du dir jenseits des Meeres holst, ein Feuer, das dich überallhin begleiten wird.« Die Wahrheit sprach die Seherin: Ich fand dieses Feuer, wild brennt die Flamme im Herzen, verzehrt sich nach dir. Ich verließ den Hafen darauf, und mit günstigen Winden gelangte ich nach Sparta.

Gastlich nahm dein Gatte Menelaos mich auf. Alles zeigte er mir, was überall hier in Sparta prächtig und sehenswert sich meinen Blicken darbot; doch ich war nur begierig, dich, die gefeierte Schönheit, zu sehen. Als ich dich dann sah, erschrak ich und fühlte im innersten Herzen neue Liebe erglühen, die mich ganz gefangen nahm. Wärest du, o Schöne, auf gleiche Art damals beim Wettstreit im Idagebirge erschienen, hättest du Aphrodites Sieg in

*Zweifel gestellt. Als wolle er meine Pläne begünstigen,
brach dein Gatte dann am folgenden Tag nach Kreta auf.
Ich entsinne mich noch der Worte, die er zu dir sprach, ehe
er an Bord ging: »Dir, Frau, empfehle ich statt meiner, dass
mit Liebe du sorgst um den Gast aus Troja.«*
*So herzlich man mich auch in deinem Land willkommen
hieß, so karg ist doch dein Land selbst. Zu karg für ein
sanftes Wesen wie dich! Denn du bist würdig, dich reich
zu schmücken: Solch eine Schönheit passt nicht zu einer
Stadt wie dieser hier. Solch eine Schönheit verdient unaufhörlich den prächtigsten Aufwand. Siehst du den
Glanz, den die Männer aus meinem Volk hier entfalten?
So kannst du dir denken, mit welcher Pracht erst die trojanischen Frauen sich umgeben. Deine Schönheit verlangt
den Gesang der Poeten, Tafelfreuden, das Glitzern von
Gold und Edelsteinen und vor allem die Freuden der Liebe.
Zieh mit mir nach Troja. Dort herrscht mein Vater über das
größte Reich ganz Asiens. Unzählige Städte wirst du sehen.
Paläste mit goldenen Dächern. Troja, mit Türmen bewehrt
und uneinnehmbaren Mauern. Und ich werde immer mit
dir sein, und sei sicher, Geliebte, in meiner Gegenwart
wirst du deinen Gatten rasch vergessen. Ich weiß ja schon,
dass ich dir nicht missfalle. Mehrmals, als gestern Abend
mit Menelaos zum Mahle wir saßen, erhaschte ich deinen
Blick. Und bei dem Gedanken, dass dieser Mann dich so
viele Nächte schon besessen, raste ich vor Eifersucht, und
du errietest meine Gedanken und konntest ein Lachen
kaum unterdrücken. Wie hätte mir dein neckischer Blick
entgehen können?*
*Nun denn, geliebte Frau, zögere nicht länger: Deine Schön-
heit verdient etwas Besseres als ein Leben in Sparta. Flieh
mit mir, noch heute Nacht, und wenn du fürchtest, jemand
könnte dich deswegen einmal anklagen, so wisse, dass ich*

alle Schuld auf mich nehme, heute und morgen ebenso. Allen werde ich erzählen, dass ich dich raubte, so wie einst Theseus mit Peirithoos' Hilfe dich schon einmal geraubt, und ich verspreche dir, Ruhm ist dir sicher bis in alle Ewigkeit.

Paris, Sohn des Priamos

Von Helena an Paris

Ich wünschte, o Paris, ich hätte deinen Brief gar nicht gelesen. Wie konntest du glauben, ich wäre zu solcher Untreue fähig? Doch da dein Brief nun einmal bereits meine Augen gekränkt hat, wäre es ein nichtiger Ruhm, dir nicht zurückzuschreiben. Fremdling, du hast es gewagt, das heilige Gastrecht zu schänden, wiegelst die Gattin auf, dass sie ihre Treue bricht!

Ach, ich glaube bestimmt, dass dir meine berechtigte Klage über dein Benehmen einfältig erscheinen wird. Aber lieber will ich töricht sein und dafür meinen Anstand wahren. Ich bin eine ehrbare Frau. Auch wenn du zu Ende deines Briefes von Theseus sprichst, der mich einst geraubt, so als wolltest du damit andeuten, dass wer einmal geraubt, den Raub zweimal zu leiden gebührt, so wisse: Außer der Furcht stieß mir damals kein Unglück zu. Unbefleckt gab er mich zurück, und auch nur wenige Küsse raubte er mir, da ich mich so heftig sträubte. Trotz deiner Anspielungen, o Paris, zürne ich dir jedoch nicht, denn wer wird einem Liebenden zürnen? Ich frage mich nur, ist die Liebe, die du mir jetzt beteuerst, auch echt? Denn das glaube ich fast nicht. Und zwar nicht, weil mir das Zutrauen fehlte, sondern weil ich weiß, dass Leichtgläubigkeit den Mädchen zum Schaden stets ausgeht. Die Worte von euch Männern sind doch oft falsch, begehrt ihr doch nur Einlass in unserem Schlafgemach.

Du rühmst dich der Reichtümer und der Größe deines Landes, aber du täuschst dich, wenn du glaubst, das meine sei von minderem Wert. Und du irrst auch, wenn du glaubst, all deine Versprechungen und Geschenke könnten mich dazu bewegen, die Grenzen des Anstands zu verlassen. Dazu bewegen könnte mich Liebe allein. Was mich betört, ist jene Leidenschaft, die dich zu mir trieb. Die Überfahrt über das Meer scheutest du nicht, nur um mich zu sehen. Und dies allein zählt für mich.

Bemerkt habe ich wohl die Blicke, die du, Frecher, ganz dreist bei Tische mir zuwarfst. Und nicht entging mir, dass du dir den Becher nahmst, der vor mir stand und dir zum Trinken die Stelle suchtest, die meine Lippen gerade berührt hatten. Dazu gabst du mir mit den Fingern Zeichen, auch mit sprechendem Blick unter den Brauen hervor! Rot wurde ich, weil du deine Zeichen so wenig verbargst, und leise sprach ich dann zu mir: »Er scheut vor gar nichts zurück!« Und was ich sagte, war wahr. Denn auf dem Tisch sah ich dann vor mir, von deiner Hand mit Wein geschrieben, die Worte: »Ich liebe dich.«

Leugnen kann ich nicht, dass du schön bist. Aber was glaubst du, wie viele Männer begehren wohl das, was du jetzt für dich wünschst? Glaubst du, Paris hat Augen allein? Du bist nicht klüger als sie, wagst aber, dreister zu sein. Wärest du doch früher schon auf schnellem Schiffe gekommen, als tausend Bewerber um meine Jungfernschaft freiten. Hätte ich dich damals gesehen, dann wärest du vielleicht der Erste von tausend gewesen. Jetzt aber kommst du zu spät zu Freuden, die längst schon vergeben. Sei jetzt nicht so schändlich darauf bedacht, mir meine Tugend zu nehmen. Lass ab von deinem Verlangen und quäle mich nicht länger. Auch wenn die Göttin der Liebe selbst es war, die mich dir versprach.

Ich bin nicht die Frau, die sich auf schmeichelnde Worte hin einem anderen hingibt. Die Götter sind meine Zeugen, dass ich meinen Ehegemahl nie betrog. Die Vorstellung allein weckt Furcht in mir. Wundere dich nicht, dass Menelaos nach Kreta aufbrach und mich mit dir allein ließ. Keine Torheit ist dies, sondern Vertrauen. Dass meine Schönheit allen bekannt, sorgt ihn, doch meine Aufrichtigkeit, die er kennen gelernt, gibt ihm Vertrauen. Dass du mich umwirbst, versetzt mich in Unruhe. Schon fühle ich mich wie eine Frau, die den Verrat schon begangen, und obwohl ich nichts Unrechtes getan, spüre ich die Blicke aller auf mir.

Ach, du bist schön, und wie gerne legte die lästige Scham ich ab. Ach, könnte ich doch ohne Schuld all das tun, was mein Herz verlangt. Zuweilen gereicht Gewalt zum Vorteil auch für jenen, der sie erleidet.

Hier will den Brief ich schließen, den ich vielleicht nie hätte schreiben dürfen. Die ermüdete Hand versagt mir schon den Dienst. Alles andere lass uns dann über meine Freundinnen Aithra und Klymne regeln, die mir beide mit Rat und Tat treu zur Seite stehen.

Helena, Tochter des Tyndareos

Hypsipyle und Iason

Es gab einmal eine Insel, auf der alle Frauen stanken, und zwar Lemnos, ziemlich genau in der Mitte der Ägäis gelegen. Zu diesem Missgeschick (nennen wir es einmal so) war es einige Jahrzehnte vor dem Trojanischen Krieg gekommen, weil eine Frau der Insel einen Fehler begangen hatte. Doch der Reihe nach:

Während eines Festes zu Ehren der Aphrodite soll eine gewisse Cheronide öffentlich erklärt haben, dass ihr Sex absolut nichts bedeute, und wenn sie sich manchmal darauf einlasse, dann nur, um ihrem Gatten einen Gefallen zu tun, der leider nichts anderes im Kopf habe. Alle anwesenden Freundinnen klatschten begeistert Beifall, woraufhin die Göttin der Liebe, deren Fest man schließlich feierte, erst recht beleidigt war.

»Aha, so ist das!«, rief sie aufgebracht. »Ihr habt also keinen Spaß am Sex. Gut, wenn das so ist, dann wird es euch wohl auch nichts ausmachen, wenn ihr fortan wie die Schweine stinkt.«

Malen wir uns nun die Reaktion der Männer aus.

»Wie geht's deiner Frau?«, fragt einer.

»Sie stinkt.«

»So? Meine auch. Und bestimmt noch ärger als deine.«

Irgendwann hatten die Männer dann die Nase voll und

verfrachteten ihre Frauen in ein abgezäuntes Gebiet im verlassenen südlichen Teil der Insel. Dann machten sie sich auf nach Thrakien, um sich dort mit schönen wohlduftenden Mädchen zu versorgen. Verständlicherweise waren die Frauen stinksauer, und eines Nachts erschlugen sie die Wachen, drangen in die Stadt ein und töteten alle Männer im Schlaf. Die Einzige, die sich bei dem Gemetzel zurückhielt, war die Königin Hypsipyle, die es nicht über sich brachte, ihren Vater Thoas zu töten, und das obwohl sie geschworen hatte, sämtliche männlichen Verwandten in die Unterwelt zu befördern. Sie beschränkte sich darauf, den alten Mann in eine Holzkiste zu setzen und ohne Ruder aufs offene Meer hinauszuschicken.

Die Jahre gingen ins Land, und irgendwann wurden sich die Frauen von Lemnos bewusst, dass sie ohne Männer auch keine Kinder haben würden und dass es ohne Nachwuchs eines Tages auch niemanden mehr geben würde, der das Land bestellte, wenn sie selbst es, alt und gebrechlich, nicht mehr schaffen würden, auf die Felder zu gehen. Mit anderen Worten, ihnen wurde klar, dass zumindest für einige praktische Dinge Männer unentbehrlich waren. Und es geschah eben zu jener Zeit, dass die Argo bei ihnen anlegte, jenes Schiff also, das Iason ausgerüstet hatte, um sich mit seiner Bande von Müßiggängern, Argonauten genannt, das Goldene Vlies im fernen Kolchis zu holen. Die Helden gingen an Land, um die Vorräte an Trinkwasser und Proviant aufzufrischen.

»Wie viele seid ihr?«, fragten die Frauen von Lemnos.

»Siebenundfünfzig«, antworteten die Argonauten.

»Und wir sind siebenhundert. Wie viel ist denn siebenhundert durch siebenundfünfzig?«

»Woher sollen wir das wissen?«

»Aber ich kann's euch sagen«, schaltete sich Polyxo,

Hypsipyles betagte Amme, ein, die Einzige auf der Insel, die in Mathe ein wenig bewandert war. »Das macht genau 12,28. Das heißt, ihr müsst schon ein wenig länger auf Lemnos bleiben. Und wenn ihr dann jede Nacht mit uns das Lager teilt, werden Ende des Monats nicht wenige von uns schwanger sein. Danach bekommt ihr auch Wasser und Lebensmittel, so viel ihr wollt.«

Die Argonauten waren einverstanden und machten sich sogleich an die Arbeit. Einige hielten sich dabei wohl die Nase zu, aber alle erfüllten gewissenhaft ihre Pflicht. Manche Autoren, wie Apollonios Rhodios, behaupten, die Argonauten hätten ihren Aufenthalt auf Lemnos so kurz wie möglich gehalten, andere, wie Ovid, erzählen, sie seien zwei volle Jahre bei den Frauen geblieben. Sicher ist aber, dass sich die Königin Hypsipyle unsterblich in Iason verliebte: Sie bestand darauf, ihn zu heiraten, ganz offiziell mit allem was dazu gehört, und gebar ihm sogar Zwillinge. Doch Iason war, wie wir es aus den *Heroides* nicht anders kennen, nicht zu halten und erklärte eines schönen Tages, er müsse jetzt endlich los nach Kolchis, dazu hätten ihn die Götter schließlich verpflichtet.

Wieder einmal haben wir es also mit einem Verführer zu tun, der sich aus dem Staub macht, einer Verführten, die zurückbleibt und nun von einem Turm aus den Blick übers Meer schweifen lässt, in der vergeblichen Hoffnung, irgendwo ein Segel zu entdecken, und mit einem Brief, der gespickt ist mit Klagen und Verwünschungen.

Von Hypsipyle an Iason

Ich, Hypsipyle, Tochter des Thoas, abstammend von Dionysos, schreibe dir Iason, Sohn des Aison.

Nach Thessalien zurück hast dein Schiff Argo du gelenkt, so berichtet man mir, reich mit Beute beglückt durch das Goldene Vlies. Im fernen Kolchis hast du des Mars heilige Stiere bezwungen und ebenso die Krieger, die aus gestreutem Samen gewachsen. Auch gezähmt hast du den Drachen, der ohne Schlaf das Fell des Widders bewachte. Ich freue mich für dich. Aber viel mehr noch gefreut hätte ich mich, wenn du es mir mitgeteilt hättest in einem Brief. Dass du mein Reich auf der Rückreise von Kolchis miedest, ist wohl der Winde Schuld, da du es sicher gewollt. Einen Brief aber hättest du auch bei widrigem Wind versiegeln können, und einen Gruß war ich, Hypsipyle, wohl wert! Warum musste ich durch ein Gerücht von deinen Taten erfahren?

Man sagte mir auch, eine Zauberin namens Medeia habe dir in Kolchis zur Seite gestanden und teile jetzt das Lager mit dir, so wie du es mir einst versprochen. Es war ein thessalischer Fremdling, den ich nach dir befragte. Röte der Scham trat ihm ins Gesicht, während er antwortete, und immer wieder schlug er die Augen zu Boden: Denn er schämte sich für dich.

»So lebt er also!«, rief ich, erfüllt von Schmerz und Freude. »Ja, er lebt«, antwortete er, immer noch ängstlich. Ich ließ ihn die Worte beschwören, und dann erzählte er mir, dass mit den Stieren des Mars in Kolchis du den Boden gepflügt, die Krieger bezwangst und den Drachen zähmtest. Und mit seinen Worten riss der Fremdling alle Wunden auf, die du mir schlugst in den letzten Jahren. Und ich frage dich, o Iason: Was ist mit deinem Versprechen und meinem Recht auf die Ehe? Denn ganz offen hast du dich mit mir vermählt. Juno nahm an der Hochzeit teil und Hymen, das Haupt mit Blumen geschmückt. Dabei hatte ich anfangs noch geplant, mit meiner Frauen Schar dich und deine

Männer auf den fremden Schiffen zu vertreiben, weiß doch
eine lemnische Frau sehr gut, einen Mann zu besiegen.
Doch dann nahm ich dich auf in meinem Haus und bald
auch in meinem Herzen. Zweimal verfloss ein Jahr. Doch
als der dritte Sommer dann kam, da musstest du scheiden.
»Fort muss ich, Hypsipyle«, sagtest beim Abschied du wei-
nend zu mir. »Der Götter Wille ist es. Aber als dein Mann
scheide ich, und dein Mann will ich immer sein. Leben
möge das Kind, das von mir jetzt dein schwangerer Leib
trägt.«
Und während du sprachst, rannen dir in Strömen die Trä-
nen über dein falsches Antlitz.
Von den Gefährten bestiegst du als Letzter die Argo, eilend
fuhr sie dahin, Wind hielt die Segel gespannt. Du sahst zu-
rück auf das Land, wo ich weinend am Strand stand.
Heute weiß ich nicht mehr, wohin dein Blick geht. Meiner
aber ist stets auf die Wogen gerichtet. Hier ist ein Turm,
von dem aus man ringsumher das Meer sieht. Von dort
schaue ich hoffend und bangend über das Wasser und bete
dabei, dass Neptun dein Schiff verschone. Aber nun frage
ich mich verzweifelt: Habe ich für dich gebetet, und Me-
deia genießt nun deine glückliche Rettung?
Immer fürchtete ich, dein Vater wähle eines Tages eine
Gattin für dich aus. Doch meine Furcht galt nur Argos
Frauen, und jetzt schadet mir eine fremde Dirne, ein Feind,
dessen ich niemals gedacht. Schön ist sie nicht, und er-
obern konnte sie dich nur mit Zaubertränken, die sie, wie
ich hörte, aus verderblichen Kräutern gewinnt. Sie ver-
sucht, den Mond aus seiner Bahn zu lenken, hüllt das Son-
nengespann tief in die Finsternis ein; hemmt das Wasser
im Lauf, hält an die sich schlängelnden Flüsse, rückt die
Wälder hinweg und den natürlichen Fels. Läuft auf den
Gräbern umher mit wild sie umflatternden Haaren, sam-

melt vom Holzstoß sich, wenn er noch raucht, das Gebein; Fluch spricht über Abwesende sie, macht ihr Bildnis in Wachs nach, bohrt in der Armen Herz tief dann die Nadel hinein, tut noch mehr, was ich besser nicht weiß. Die Liebe, aus Schönheit und Sitte geboren, sucht man durch Zauber sich schlecht! Und ich frage mich: Wie kannst du eine solche Frau umarmen und furchtlos des Schlafes dich freuen, wenn du im Schweigen der Nacht mit ihr ein Lager jetzt teilst?

O wankelmütiger Iason: Gingst als mein Gatte von hier, doch kamst nicht als mein Gatte zurück. Wärest du bei mir geblieben, über Lemnos herrschtest du heute. Zwillinge habe ich dir geboren, und nun muss ich fürchten, dass diese unschuldigen Kinder einmal in die Hände ihrer Stiefmutter Medeia geraten. Eine Frau, die so niederträchtig war, den eigenen Bruder zu schlachten und seinen zerrissenen Körper zu zerstreuen, würde auch nicht zögern, die Kinder im Schlaf zu töten. Glaube mir, von sanftem Wesen bin ich. Doch mit der Dirne Blut würde gern ich mein Antlitz beflecken. Schrecklicher wäre ich, hätte ich sie vor mir, als die schreckliche Medeia.

O Zeus, erhöre mein Flehen: Möge Medeia leiden, so wie auch ich gelitten, mögen ihre Qualen nicht geringer als meine sein. Und auch du mögest den Schmerz spüren, den der Verlust der geliebten Menschen mit sich bringt. Das wünsche ich euch beiden von Herzen: Fluch sei eurem Bund, lebt ohne Glück jetzt dahin.

Hypsipyle, Tochter des Thoas

Penelope und Odysseus

Versetzen wir uns einmal in die Lage einer Frau im 12. Jahrhundert v. Chr., deren Mann vor zwanzig Jahren in den Krieg gezogen und seitdem nicht mehr aufgetaucht ist. Die Unglückliche hat weder Telefon noch Handy, Fax oder Fernseher. Sie bekommt auch keine Briefe, keine Postkarten oder Telegramme. Was soll sie sich denken? Dass ihr Mann tot ist? Schwer verletzt? Dass er das Gedächtnis verloren hat? Oder dass er eine andere Frau gefunden und ganz einfach keine Lust mehr hat, zu ihr nach Hause zurückzukehren? Eine jede dieser Möglichkeiten stürzt sie in abgrundtiefe Verzweiflung. Jene weisen Kriegsveteranen, mit denen sie sprechen konnte, haben ihr versichert, dass er noch lebte, als sein Heer die feindliche Stadt einnahm und niederbrannte. Und so muss sie sich fragen: »Warum kehrt er nicht heim? Warum lässt er mich so leiden?« Fügen wir jetzt nur noch hinzu, dass diese Frau von einer ganzen Heerschar anmaßender junger Männer, Freier genannt, belagert wurde, die es auf ihre Hand und damit auf die Insel Ithaka abgesehen hatten, und wir haben das genaue Bild von Penelopes wenig beneidenswerter Situation.

Die Ärmste hatte alles versucht, um sich diese verfluchten Freier vom Leibe zu halten. Doch die ließen sich durch nichts entmutigen. Und auch die Entschuldigung, sie müsse ein Leichengewand fertig stellen, würde, das war abzusehen, nicht bis in alle Ewigkeit funktionieren, obwohl sie tagsüber webte und nachts wieder alles auftrennte. Am Ende ihrer Kräfte schrieb Penelope ihrem Gatten Odysseus einen Brief.

»Wo steckst du bloß?«, fragte sie ihn. »Warum lässt du mir keine Botschaft zukommen? Was ist geschehen? Hast du vielleicht eine andere?«

Wir wissen jedoch, dass Odysseus, als Penelope diesen Brief schrieb, schon auf Ithaka gelandet war und dass ihn nur sein sprichwörtlicher Argwohn davon abgehalten hatte, sich seiner Gemahlin zu erkennen zu geben. Und dafür hatte er auch handfeste Gründe. Den meisten anderen griechischen Helden war es nach ihrer Rückkehr in die Heimat schlecht ergangen, eben weil sie nicht richtig einschätzten, wie sehr sich dort während ihrer Abwesenheit die Lage verändert hatte. Ein warnendes Beispiel mochte vor allem Agamemnon sein, der von Aigisthos sogleich erdolcht wurde, kaum dass er den Fuß über die heimische Schwelle gesetzt hatte. Und natürlich musste sich Odysseus auch fragen, ob er nach so vielen Jahren seiner Penelope überhaupt noch trauen konnte. Vielleicht hatte sie sich ja mit einem ihrer Freier zusammengetan und plante, ihren heimkehrenden Gatten im Schlaf zu töten. Konnte man's wissen? Kurzum, Odysseus war Odysseus, der listigste Achäer, aber auch einer der misstrauischsten Menschen überhaupt.

Von Penelope an Odysseus

Diesen Brief schickt deine Penelope dir, saumseliger Odysseus. Schreibe mir nicht zurück, sondern komme selbst und berichte mir, wo du all die Jahre gewesen und wie Troja fiel, jene Stadt, die alle achäischen Frauen mehr als jede andere hassen.

Ach, hätten die Wellen doch den Verführer Paris verschlungen, als er sich mit seiner Flotte Spartas Mauern näherte. Allein und verlassen schliefe ich nicht auf einem kalten Lager, müsste nicht klagen, dass mir die Tage ohne dich so lang, müsste nicht vergeblich versuchen, mit Weben die langen Nächte zu füllen, bis der ermüdeten Hand das Gewebe entfällt. Und immer sah ich Gefahren für dich, größer, als sie in Wirklichkeit waren. Ich zitterte um dich, denn zu zittern um das, was man liebt, ist der Liebe Natur. Ich stellte mir vor, wie tausend Troer dich bestürmten, wie tausend Pfeile flogen, um nur dich zu treffen. Und wenn dann jemand Hektors Namen erwähnte, erblasste ich, und mit Schrecken hörte ich von all den griechischen Helden Antilochos, Patroklos, Tlepolemos, die von des Troers Hand gefallen. Doch ein Gott, der die keusche Liebe beschützt, ließ Troja in Asche versinken, und rettete dich. Du lebst, so berichtete man mir. Du lebst, kehrst aber nicht zu deiner Gemahlin zurück. All die anderen griechischen Krieger fanden den Weg nach Hause. Längst schon haben ihre Bräute den Göttern Dankesopfer gebracht, ihre Freudengesänge sind verklungen, und auch die Siegeshymnen. Die Alten, Mädchen und Kinder lauschen den Helden, wenn sie von ihren Taten erzählen. Nur du, mein Geliebter, bist nicht da. Nur deine Lippen bleiben stumm.

Vieles hat der greise Nestor unserem Sohn Telemachos schon erzählt, als er auf der Suche nach dir bei ihm weilte, und ich erfuhr es von ihm. So weiß ich, wie Rhesos und Dolon fielen, Rhesos bezwungen vom Schlaf, Dolon durch Tücke gefällt. Und ich hörte auch, dass du mit einem anderen Helden, vielleicht Diomedes, in die feindliche Stadt eindrangst und, nachdem ihr viele Troer getötet, siegreich ins Lager der Griechen zurückkamt.

Ach, was nützt es mir, dass Ilion siegreich bezwungen, dass, was Mauer einst war, ebener Boden jetzt ist, wenn ich dieselbe noch bin, die ich war, als Troja euch trotzte, und ich auf ewige Zeit mich nach dem Gatten verzehre. Nur für andere ist Troja zerstört, mir bleibt es bestehen, mit seinen verhassten Mauern, seinem verhassten Volk.

Wer aus der Fremde nach Ithaka kommt, segelt erst wieder ab, wenn er mir vieles von dir hat erzählt. Jeder erhält einen Brief, von meiner Hand geschrieben, dir zu geben bestimmt, falls er den Weg mit dir kreuzt. Botschaften sandte ich zu Nestor nach Pylos, Menelaos in Sparta ließ ich befragen, aber niemand konnte mir sagen, welches Land du nun bewohnst, wo du jetzt zögernd weilst. Wüsste ich, dass du kämpfst gegen ein feindliches Volk, wüsste ich auch, wen ich hassen müsste. So aber bin ich gezwungen, alle Völker der Welt zu hassen. Ungewiss ist die Furcht, darum fürchte ich Törichte alles. Ich fürchte das Meer und seine Gefahren, die Erde und seine Bewohner, besonders aber die Frauen. Ich fürchte, du könntest in fremder Liebe schon gefangen sein. Ach, du erzählst einer anderen vielleicht, wie bäuerisch deine Gemahlin, die als einzige Kunst Wolle zu spinnen versteht.

Mein Vater Ikarios drängt mich, mein verwitwetes Bett zu verlassen und mir einen anderen Gemahl zu wählen, bitter ergrimmt, weil du noch immer nicht kamst. Mag er, solange er will. Denn dein bin ich, nur dir darf ich gehören, Penelope bleibt stets ihres Odysseus' Gemahlin. Doch

die üppige Schar der Freier aus Samos, Zakynthos und Du-
lichion bedrängt mich und herrscht jetzt schon in deinem
Palast, da niemand sie an ihrem schändlichen Treiben hin-
dert. Was uns beiden gehört, wird jetzt von ihnen verprasst.
Sie schlachten unser Vieh, trinken unseren Wein und be-
lästigen unsere Mägde. Polybos, Pisander, Eurymachos,
Antinoos oder Medon beobachten mich mit lüsternen Bli-
cken. Doch ich gebe nicht nach.
Wir drei allein sind zu schwach: Ich bin ein Weib ohne
Kräfte. Telemachos ist noch zu jung und unser Laertes
ein Greis. Unter jenen, die um uns sind, können wir nur
auf unsere beiden Hirten zählen und auf meine alte Amme.
Daher flehe ich dich an, Odysseus: Komme sobald du
kannst, und biete uns Hafen und Zuflucht. Deiner wartet
ein Sohn, zum zarten Jüngling erwachsen, ein Vater, der
dich vor seinem Tod noch einmal sehen will, und eine Gat-
tin, die du als blühendes Weib verließest und die dann vor
dir steht als gealterte Frau.

Penelope, Tochter des Ikarios und
Gemahlin des Odysseus

Oinone und Paris

Paris, der Familienzerstörer, hatte vor Helena schon etwas mit einer anderen Dame, und zwar mit der Waldnymphe Oinone. Es muss sogar etwas Ernstes gewesen sein, denn immerhin hatten sie ein Kind zusammen, einen Sohn namens Korythos. Doch wer war diese Oinone eigentlich? Sie war eine Tochter des Flusses Kebren. Als sie ein junges Mädchen war, soll ihr sogar Apollon persönlich den Hof gemacht haben, und dieser lehrte sie nicht nur alles Wissenswerte über Heilkräuter, sondern verlieh ihr auch die Gabe der Weissagung. Man darf also annehmen, dass eigentlich alles bestens verlaufen wäre, hätte Paris nicht eines Tages wegen Helena, der schönsten Frau der Welt, den Kopf verloren. Die Göttin Aphrodite hatte sie ihm ja, wie wir wissen, als Belohnung für ihre Wahl zur Miss Olymp versprochen, und Paris war fest entschlossen, sich diesen Preis auch abzuholen.

Wie reagierte nun unsere Oinone, als Paris ihr mitteilte, er wolle losziehen, um Helena kennen zu lernen? Anfangs eigentlich noch sehr gelassen. Ganz in Ruhe setzte sie ihm auseinander, warum er besser von seinem Vorhaben abließe, indem sie alles Leid aufzählte, das er vielleicht über sein Haus und sein Volk bringen würde. Dann gemahnte sie ihn an seine Pflichten als Familienoberhaupt.

»Und vergiss nicht«, sagte sie, »du hast einen Sohn, und ein Sohn braucht seinen Vater.«

Aber wie wir alle wissen, war alles Reden zwecklos: Paris war nicht davon abzubringen, nach Sparta zu reisen, aber bevor er in See stach, versprach Oinone ihm noch, dass sie ihn heilen werde, falls er bei seinem Abenteuer verletzt werden sollte. Aber auch dieser letzte Liebesbeweis konnte Paris nicht dazu bringen, die Sache noch einmal zu überdenken. Aber so sind eben viele Männer: Wenn es um eine neue Eroberung geht, setzt der Verstand plötzlich aus.

Wie es nun weiterging mit Paris und seiner neuen Flamme Helena ist ja oft genug erzählt worden. Weniger bekannt dürfte sein, was mit Oinone geschah, und deshalb will ich hier davon berichten. Wie die Jahre ins Land gingen, schlug Oinones Liebe zu Paris, dem Mann, der sie verführt und verlassen hatte, immer mehr in Hass um. So ermunterte sie zum Beispiel ihren Sohn Korythos dazu, sich den Achäern, als diese ins heimische Troja eindrangen, als Führer anzudienen. Und sie brach auch ihr Versprechen, Paris zu heilen, falls er einmal verletzt werden sollte. Als sie ihn nämlich im Idagebirge plötzlich vor sich sah, halb tot schon, weil ein giftiger Pfeil Philoktets seinen Fuß durchbohrt hatte, erklärte sie, das passende Heilmittel für diese Verwundung sei ihr gerade ausgegangen. Das war natürlich eine Lüge, und schon am nächsten Tag bereute sie, was sie getan hatte, und eilte nach Troja, um Paris unter den Verletzten im Feldlazarett der Stadt zu suchen. Doch als sie ihn endlich fand, war er bereits tot. Aus Verzweiflung darüber stürzte sie sich in den Scheiterhaufen, auf dem Paris Leiche verbrannt wurde.

In Neapel sagt man: »Wer Angst hat, sollte nicht mit einer schönen Frau ins Bett gehen.« Da ist sicher etwas

Wahres dran, und das bestätigt uns auch das Schicksal des Paris. Er hatte keine Angst vor Helenas Schönheit, und daraus erwuchs ihm und vielen anderen unsägliches Leid. Doch versetzen wir uns einmal in seine Lage: Er konnte wählen zwischen einem ruhigen Leben an der Seite einer netten Gattin wie Oinone und einer heißen und hoch dramatischen Liebesgeschichte mit der schönsten Frau der Welt. Natürlich entschied er sich da für Letzteres und damit auch für den Ruhm in der Nachwelt. Wäre er im Idagebirge geblieben, um dort brav seine Schafe zu hüten, würde ihn heute niemand kennen. Dennoch möge der Leser einen Moment nachdenken, bevor er sich in ein heikles erotisches Abenteuer stürzt. Zuweilen ist es ratsamer, auf eine Liebesgeschichte von solchen Ausmaßen zu verzichten, als dafür das eigene Leben und das der Familie aufs Spiel zu setzen.

Den folgenden Brief soll Oinone an jenem Tag geschrieben haben, als Paris mit Helena an seiner Seite in Troja eintraf. Der Krieg war noch nicht erklärt worden, und die Nymphe bemühte sich in jeder erdenklichen Weise, Paris klarzumachen, dass es für alle besser wäre, wenn er diese Schlampe wieder nach Hause schicken und zu seinem Schäferdasein zurückkehren würde.

Von Oinone an Paris

Eine Waldnymphe mit Namen Oinone sendet ihrem Paris diesen Brief, dass er über sein Schicksal nachdenke.

Liest du diese Worte, Paris, oder verbietet es dir deine neue Gemahlin? Ich, die Nymphe Oinone, wende mich an dich, der du doch wohl mir gehörst. Kannst du mir sagen, was für ein Gott es ist, der sich meinen Wünschen entgegen stellte? Was habe ich denn getan, dass ich die deine nicht blieb? Denn leichter ist es, etwas zu büßen, was wahrer Verfehlung entsprungen. Bitter aber schmerzt die Strafe, wenn sie uns unschuldig trifft.

Jetzt bist du Priamos' Sohn, doch als ich dich zum Manne nahm, warst du – frei will ich es dir sagen – nichts als ein Hirte. Wie oft lagen wir damals im Schatten eines Baumes im tiefen Heu und auf Stroh beieinander. Wie viele Nächte verbrachten wir zusammen in einer niedrigen Hütte, die vor dem kühlen Reif uns schützte. Wer hat damals zur Jagd dir die geeigneten Wälder verraten, Höhlen, in denen das Wild sicher die Jungen verbarg? Wie oft habe ich als deine Gefährtin dir die geknoteten Netze gespannt, wie oft übers weite Gebirge die Hunde gehetzt? Eingeritzt von deiner Hand steht noch in den Buchen mein Name. So wie die Stämme wachsen, wächst auch mein Name mit ihnen. Wachst nur gerade in die Höhe, dass sich mein Name erhebt! Auch die Rinde einer Pappel, die am Ufer des Flusses steht, bewahrt meinen Namen. Folgende Zeilen liest man darunter: »Sollte Paris eines Tages die Oinone verlassen ohne zu sterben, so nehme, o Xanthos, zurück zur Quelle den Lauf.« Eilet nun zurück, ihr Wasser des Xanthos, ihr Wellen nehmt aufwärts den Lauf, so wie es Paris gewollt.

Dann kam der traurige Tag, der das Los für mich Arme entschied, an dem zu Eis wurde die Glut deiner Leidenschaft. Aphrodite, Hera und Athene erschienen nackt dir, und du fälltest das Urteil darüber, wer von den dreien die Schönste sei. Dann kamst du zu mir und sagtest, zur Reise seist du gezwungen, die Götter verlangten es von dir. Damals hast du geweint und auch meine Tränen gesehen, unserer

Tränen Strom hat die Trauer vereint. Inniger winden sich nicht die Reben des Weins um die Ulme, als dein Arm meinen Hals umschlungen hielt. Als du dann in See stachst, sah ich hin auf die langsam verschwindenden Segel, bis mein Blick sie verlor, netzte ich mit Tränen den Sand. Zu den Göttern flehte ich um eine glückliche Heimkehr, und wusste nicht, dass für eine andere ich bat.

Die Zeit verging, und eines Tages sah ich am Horizont deines Schiffes Segel erscheinen. Vor Freud und Überschwang bin ich beinah dir entgegengeeilt. Doch während ich noch zögernd am Strand stand, sah ich am Bug einen Purpur, und Schrecken erfasste mich, denn das war nicht deine übliche Tracht. Näher kam das Schiff, von schnellen Winden getrieben, und mir erzitterte das Herz, weil eine Frau ich da sah. Aber das war noch nicht alles: Denn zärtlich im Schoß saß dir dieses schändliche Weib! Da zerriss ich mein Kleid und zerkratzte mit den Fingernägeln die tränenüberströmten Wangen. Das Schiff legte an, und ich versteckte mich hinter den Klippen, damit du mich nicht sehen konntest.

Immer noch weine ich um dich. Ich weine um den Paris, den ich kannte. Denn deine Schätze bewundere ich nicht, dein Reich lässt so kalt mich, Priamos' Schwiegertochter zu sein wünschte ich nicht. Arm kannte ich dich, und arm habe ich dich gewollt bis in Ewigkeit.

Weil ich dereinst mit dir auf Buchenblättern geschlafen, sollst du mich heute nicht verachten. Und bedenke, meine Liebe wird dir immer nur Sicherheit bringen. Niemand bringt ihretwegen Krieg, nie kommt ein rächendes Schiff. Die entflohene Helena wird man mit drohenden Waffen zurückfordern. Ob du sie den Griechen zurückgeben sollst, frage nur deinen Bruder Hektor. Oder auch Deiphobos oder Polydamas. Frag, was die Alten, was Antenor, was

Priamos selbst dir wohl raten, Männer, denen die Zeit große Erfahrung verlieh!

Sie alle sind meiner Meinung: Schimpflich ist deine Tat, schäme dich für das, was du gewagt: Ein schönes Weib gilt mehr dir als die Heimat. Und mit Recht rüstet ihr Gatte zum Krieg. Bist du klug, so versprich dir keine Treue von diesem liederlichen Weib. Hat sie so schnell sich doch auch jetzt deiner Liebe gefügt, und wie Menelaos jetzt klagt, wirst auch du einst klagen, dass die Gattin dich betrog. Denn die Keuschheit kehrt ja nie wieder. So wie sie jetzt für dich entflammt, so liebte sie auch Menelaos. In einem verwaisten Bett liegt der Leichtgläubige jetzt. Und auch davor hatte sie schon ein anderer Mann. Theseus war es, glaube ich, der sie entführte. Sollte der Lüsterne sie etwa als Jungfrau freigelassen haben? Das glaube ich nicht. Ich hingegen verschloss mich seinerzeit dem Werben der Satyrn, und sogar Apollon, der Gründer Trojas, hat mich einst geliebt. Und obwohl ich ihn zurückwies, lehrte er mich die Heilkunst. Leider jedoch findet sich unter den Kräutern keines, das meinen Schmerz um dich lindert.

Deine Oinone, Tochter des Flusses Kebren

Hermione und Orest

Als ich noch aufs Gymnasium ging, zwang man mich, ein Drama von sage und schreibe dreizehn Akten von Eugene O'Neill anzuschauen. *Trauer muss Elektra tragen*, ein nicht enden wollendes Werk von tödlicher Langeweile. So erschien es mir wenigstens damals. Noch nicht mal zur Toilette gehen durfte ich während der Aufführung, weil ich nichts verpassen sollte. Am folgenden Tag schrieben wir nämlich eine Klassenarbeit über die griechische Tragödie. Erst heute ist mir bewusst, wie gut dieses Drama die Seelenlage Orests deutlich werden lässt. Den Schmerz, der ihn zerrissen haben muss, weil seine liebe Mama, mithilfe ihres Liebhabers Aigisthos, seinen Vater Agamemnon in einen Hinterhalt gelockt und ermordet hatte. Was war da geschehen? Ich will versuchen, diese komplizierte Geschichte so knapp wie möglich zusammenzufassen.

Agamemnon kehrt aus dem Krieg heim. Troja ist gerade untergegangen, und der griechische Oberbefehlshaber ist bester Dinge und schon voller Vorfreude auf das Wiedersehen mit seiner Gattin. Aber der Empfang, den man ihm bereitet, ist denkbar schlecht. Klytaimnestra hat sich nämlich einen Liebhaber zugelegt, den finsteren Aigisthos, und die beiden lassen Agamemnon noch nicht einmal Zeit, sich ein wenig frisch zu machen. Während er noch in der Badewanne sitzt, wirft ihm Klytaimnestra ein Netz über, und Aigisthos erdolcht ihn von hinten. Zu einer wahren griechischen Tragödie gehören aber zumindest drei Tote, und so kommt es, dass Orest, Agamemnons jüngster Sohn, zunächst Aigisthos und dann seine Mutter tötet. Woraufhin Elektra, Orests älteste Schwester, nichts anders übrig bleibt, als zu weinen und sich in Trauer zu hüllen. Wie man sieht, habe ich die Geschichte arg gerafft.

Nun springen wir aber mal zwanzig Jahre zurück: Klytaimnestra und Helena sind Schwestern, die mit einem Bruderpaar verheiratet werden: mit Agamemnon und Menelaos. Aus der Verbindung Agamemnons mit Klytaimnestra gehen drei Kinder hervor: Iphigenie, Elektra und Orest, während Helena Menelaos nur ein Kind schenkt, ein Mädchen mit Namen Hermione. Nun verhält es sich so, dass diese Hermione sehr früh schon ihrem Vetter Orest versprochen wird, und das Mädchen wäre vielleicht auch bis an ihr Lebensende glücklich gewesen, würde sie nicht eines schlimmen Tages von Achills Sohn Pyrrhos, besser bekannt unter dem Namen Neoptolemos, mit Gewalt genommen. Damals ging man ja bekanntermaßen nicht sehr subtil vor. So auch Pyrrhos. Er erblickt Hermione, findet Gefallen an ihr und schleppt sie fort. Doch ihr Verlobter Orest reagiert zunächst einmal gar nicht auf den Vorfall und tötet Pyrrhos erst nach einigen Jahren.

Wieso zögert nun Orest so lange mit der Befreiung seiner Hermione? Eben das ist die Schlüsselfrage der ganzen Geschichte. Als man Orest den Vater nahm, war er noch ein Kind. Doch seit jener Zeit hat er nichts anderes mehr im Sinn, als an den beiden Mördern Rache zu nehmen. Das heißt nicht, dass ihm Hermione nichts bedeutet, doch Hass ist eben ein viel stärkeres Gefühl als Liebe. Und so muss Orest zunächst einmal den Tod seines Vaters rächen und dazu sowohl seine Mutter als auch den Usurpator Aigisthos in die Unterwelt schicken. Als dann aber die Tat vollbracht ist, hat er wieder keine Zeit, denn nun muss er sich mit den Erinyen herumschlagen, den Rachegöttinnen also, auch Furien genannt, die in der griechischen Mythologie all jene verfolgen, die aus irgendeinem Grund ein Elternteil getötet haben. Das heißt: Orests Braut kann warten, schließlich hat Pyrrhos sie bereits vergewaltigt, da kommt es auf einen Tag mehr oder weniger nicht mehr an.

Und genau darüber beklagt sich Hermione. »Das gibt's doch gar nicht«, schreibt sie ihm, »man klaut dir die Braut, und du legst die Hände in den Schoß! Pyrrhos tut mir Gewalt an und hält mich in seinem Haus wie ein Sklavin, aber du, mein rechtmäßiger Bräutigam, hast nichts dagegen einzuwenden!«

Kurzum, Hermione fühlt sich verraten und versucht nun auf jede erdenkliche Weise den Stolz ihres Bräutigams zu wecken. Dabei wird wieder einmal deutlich, wie wenig eine Frau damals zählte. Das Mädchen hat das Gefühl, Orest nicht mehr zu bedeuten als ein Stück Vieh, das man aus dem Stall gestohlen hat. Nicht zufällig erklärt Apollon, zu diesem Thema befragt: »Eine Frau ist nichts weiter als die träge Furche, in die der Mann seinen Samen wirft.«*

Den folgenden Brief schrieb Hermione, Ovid zufolge, als sie gerade von Pyrrhos geraubt worden war.

---

* Robert von Ranke-Graves, *Griechische Mythologie*, Reinbek b. Hamburg 1984, Kapitel 114, n.

Von Hermione an Orest

Ich, Hermione, spreche zu jenem, der mir Vetter und Mann war: Jetzt, da ein anderer mein Mann, nenne ich Vetter ihn nur. Pyrrhos, der Sohn des Achill, an Kühnheit dem Vater ähnlich, hält mich gefangen. Heftig sträubte ich mich, damit er mich nur mit Gewalt besitzen konnte, aber mehr vermochten meine schwachen Frauenhände nicht. »Pyrrhos«, so rief ich, »lass ab von mir! Du wirst dein Tun noch bereuen, denn ich gehöre schon einem anderen Herrn.« Tauber jedoch als das Meer zog er mich ins Haus, hörte den Namen Orest nicht, den ich laut schrie.

O Orest, greifst du nur zu den Waffen, wenn man dir aus dem Stalle das Vieh stiehlt, siehst aber gelassen mit an, wenn man die Gattin dir raubt? Das kann nicht sein! Oder gelte ich dir weniger als ein Pferd oder ein Ochse? Sieht so die große Liebe aus, die du mir einst verprachst? Nimm dir doch ein Beispiel an meinem Vater Menelaos. Dieser holte sich sein geraubtes Weib zurück und führte einen gerechten Krieg gegen die Troer. Wäre er damals feige in seinem Palast in Sparta geblieben, teilte meine Mutter noch heute das Lager des heimtückischen Paris. Du aber brauchst kein ganzes Heer und keine tausend Schiffe, um mich zu befreien: Komme nur du selbst und fordere Pyrrhos auf, mich freizugeben. Aber natürlich wäre ich auch einen Krieg wert. Es ehrt ja den Gatten, selbst vor einem Krieg nicht zurückzuschrecken, wenn es um die Ehre der Gattin geht. Aber kommst du nicht als mein Mann, so komme mir zumindest als mein Vetter zu Hilfe. Dann wärest du das für mich, was mein Vater für meine Mutter war. Pyrrhos würde zu Paris, und mir wäre es ein Beweis deiner Liebe. An Tapferkeit gebricht es dir sicher nicht. Zwar brachten die Waffen nur Hass dir, doch man zwang dich

zur Tat, du hast sie selbst nie gesucht. Rache hast du ge-
nommen: Mit seinem Blute befleckt nun Aigisthos den Pa-
last, wie einst dein Vater zuvor. Doch ich selbst kann
nichts anderes tun als zu warten. Ich habe kein Schwert
und bin auch viel zu schwach zu solcher Tat. Weinen nur
kann ich, vor Trauer und Zorn, und in den Busen hinab
fließt unablässig meiner Tränen Strom.

Meine Großmutter wurde von Zeus mit Tücke genommen,
meine Mutter von Paris geraubt, ich von Pyrrhos. Wir
Frauen aus Tantalos' Haus scheinen vom Geschick ver-
dammt. Ach wäre doch des Peleus' Sohn Achill nie durch
den Bogen Apollons gestorben! Nicht dulden würde er
seines Sohnes Vergehen, denn nie gefiel es Achill, dass ein
Mann die Gattin eines anderen raubt.

Welchem Gestirn über mir kann ich für mein Unglück die
Schuld geben? Schon als Kind verlor ich meine Mutter, in
den Krieg zog mein Vater, so war ich beider verwaist. Mein
einziges Glück war, dass Orest mich zur Gattin erwählte.
Doch jetzt habe ich auch ihn verloren, denn Pyrrhos hält
mich gefangen, und Orest kann sich nicht entschließen,
um mich zu kämpfen. Und so bin ich weiter gezwungen,
das Lager mit einem Mann zu teilen, den ich verabscheue.
Oft macht das Unglück so stumpf, dass ich nachts im
Schlaf den Ort und die Lage vergesse, und unwissend tas-
tet dann meine Hand hin zu dem Mann neben mir. Wird
mir aber der Irrtum bewusst, meide ich schnell wieder die
Berührung des Körpers. Und dabei habe ich das Gefühl,
ich hätte die Hand schon damit schändlich befleckt.

Deine Hermione, Tochter des Menelaos

Hypermestra und Lynkeus

Bisher haben wir eine ganze Reihe von Frauen kennen gelernt, die zunächst verführt und dann schmählich verlassen
wurden. Im nächsten Brief nun haben wir es mit einem
ganz anders gelagerten Fall zu tun. Hier geht es um eine
Frau, Hypermestra nämlich, die sich mit einem Vater he-
rumschlägt, Danaos mit Namen, der nun alles Mögliche
ist, nur kein richtiger Vater. Die Geschichte ist vielleicht
das eklatanteste Beispiel für abgebrühte Machtpolitik in
der gesamten griechischen Mythologie. Fassen wir nun
also wie gewohnt die Geschichte in groben Zügen zusammen.

König Belos hatte zwei Söhne, die Zwillinge Aigyptos und
Danaos, die selbst wiederum eine ganze Reihe von Kindern
zeugten. Ersterer fünfzig Söhne und Letzterer fünfzig
Töchter. Die Zwillinge hassten einander schon von Kindes-
beinen an. Obwohl ihnen der Vater noch zu Lebzeiten
große Reiche vermacht hatte, dem einen Ägypten, dem
anderen Libyen, stritten sich die beiden nach Belos' Tod
bis aufs Messer um das verbliebene Erbe. Weder Aigyptos noch Danaos waren gewillt, dem Bruder auch nur einen Quadratzentimeter der Ländereien zu überlassen. Um
einen drohenden Bruderkrieg abzuwenden, fanden sie

schließlich aber doch noch eine Lösung: Sie einigten sich auf eine Massenheirat zwischen den fünfzig Prinzen und den fünfzig Prinzessinnen, wobei das Los entscheiden sollte, wer wen abbekommt. So weit, so gut, doch sehr bald schon wurde klar, dass hinter der Vereinbarung wenig friedliche Absichten steckten. Aigyptos trug nämlich seinen Söhnen auf, sich der Cousinen so bald wie möglich zu entledigen, und Danaos rüstete seine fünfzig Töchter sogar mit Dolchen aus, deren Klingen vergiftet waren, die sie ihren Männern in der Hochzeitsnacht ins Herz stoßen sollten. So weit die Vorgeschichte. Schauen wir nun, wie sich die Angelegenheit im Einzelnen entwickelte.

Hypermestra war durch das Los einer der jüngeren Vetter zugefallen, ein hübscher Kerl namens Lynkeus. Nicht nur verzichtete sie darauf, ihm in der Hochzeitsnacht den Garaus zu machen, sondern verhalf ihm auch noch zur Flucht in eine andere Stadt, damit ihn ihr Vater am nächsten Morgen nicht doch noch von seinen Männern niederstechen lassen konnte. Wieso widersetzte sie sich der Anordnung des Vaters? Weil sie Lynkeus liebte? Oder weil sie seine Schönheit betörte? Nichts von alledem. Sie widersetzte sich aus dem einfachen Grund, weil sie ein anständiger Mensch war und es nicht über sich brachte, jemanden umzubringen, nur weil der Vater es befohlen hatte. Mit anderen Worten, Hypermestra besaß das, was die alten Römer *pietas* nannten, also ein Gefühl, das einen daran hinderte, einem Mitmenschen etwas Böses anzutun. Leider sollte ihr das schlecht bekommen. Als Danaos nämlich am nächsten Morgen die Leichen zählte und merkte, dass eine fehlte, geriet er furchtbar in Rage. Hypermestra wurde sogleich in Ketten gelegt, und später wurde ihr der Prozess gemacht. Zu der Angelegenheit ist uns sogar eine Tragödie

von Aischylos mit dem Titel *Schutzflehende* (oder Danai-
den) überliefert.

Den folgenden Brief soll Hypermestra im Kerker geschrieben haben. Das arme Mädchen ist zwar angekettet,
hat aber alle nötigen Schreibutensilien zur Hand.

Von Hypermestra an Lynkeus

*O Lynkeus, im Hause hält man mich mit schweren Ketten
gefesselt: Dass ich barmherzig war, sieht als Verbrechen
man an. Man verfolgt mich, weil meine Hand sich scheute,
dir das Schwert in die Kehle zu stoßen. Hätte ich's getan,
hätte man Lob nun für mich. Aber lieber will ich schuldig
sein, als dem Vater auf diese Art zu gefallen. Dass meine
Hände noch rein sind vom Mord, reut mich nicht. Mag
mich mein Vater, den ich nie beleidigt, zu Asche verbrennen oder mich gar selbst töten mit jenem Schwert, das zu
bösem Gebrauch er mir schenkte. Trotzdem erreicht er es
nicht, dass sterbend ich sage: »Es reut mich.« Reuen sollen
jetzt ihre Tat mein Vater und meine grausamen Schwestern!*
*Jetzt noch zittert mein Herz, wenn ich jener Blutnacht ge-
denke, und meine rechte Hand befällt ein plötzliches Zittern, wenn sie von einer Tat schreiben soll, die zu begehen
sie nicht fähig war. Dennoch will ich es versuchen.*

*Als die Dämmerung gerade heraufzog und sachte schon
herankam die Nacht, führte man uns in den Palast, wo die
Hochzeit gefeiert. Überall blitzten die Lampen, mit fun-
kelndem Gold überzogen, und laut schrie »Hymen!« das
Volk, und die Brautpaare umarmten glücklich einander.
Dann wurde es Nacht. Trunken vom Wein traten die Män-*

ner ein ins Gemach und legten aufs Lager sich, das zum
Grab schon erkoren. Nicht lange und sie schliefen, schwer
vom Mahl und vom Weine. Und auch du, o Lynkeus,
schliefst wehrlos neben mir, während ich eiskalt und be-
bend vor Furcht auf dem Brautbett lag. Ja, so wie ein kal-
ter Wind schüttelt der Pappel Laub, bebte ich und noch viel
mehr. Bald aber wich meine Furcht, und ich beschloss, den
Befehl meines Vaters auszuführen. Also richtete ich mich
auf und griff zum Schwert. Die Wahrheit erzähle ich dir!
Dreimal hob ich die Hand, und dreimal sank sie mir nie-
der. Dann aber setzte ich die Waffe fest auf deine Kehle
und sprach zu mir: »Nur Mut, Hypermestra, erfülle deinen
Auftrag. Sorge dafür, dass dein Bräutigam sich zu seinen
Brüdern im Hades gesellt. Sicher haben die Schwestern
schon ihre Pflicht erfüllt.« Aber Liebe und Furcht verhin-
derten die grausame Tat. Unbefleckt blieb meine Hand, die
sich dem Auftrag widersetzte. Und ich sprach zu mir: »Viel-
leicht sind diese Männer schuldig, vielleicht haben sie Ver-
rat geübt an meiner Familie. Aber selbst wenn sie den Tod
verdient hätten, was habe denn ich getan, was habe ich
verbrochen, dass ich jetzt schuldig werden soll? Was soll
denn ich mit dem Schwert? Was sollen wir Mädchen
mit Waffen? Passender sind für unsere Hände Flachs und
Wolle bestimmt.«
Aus meinen Augen fielen nun die Tränen nieder auf dich.
Und halb im Schlaf strecktest du den Arm zu mir aus und
wolltest mich fassen, beinahe hätte ich die Hand dir mit
dem Schwert geritzt. Jetzt fing ich an, den Vater, den Tag
und die Diener zu fürchten. So weckte ich dich und sprach:
»Auf, Belide, stehe auf und eile – oder die Nacht hüllt bald
auf ewig dich ein! Du allein von den vielen Brüdern lebst.
Flieh!« Furchterfüllt sprangst du auf, alle Müdigkeit war
sofort verschwunden, und in meiner zitternden Hand sahst

*du das furchtbare Schwert. Als nach dem Grunde du frag-
test, antwortete ich nur: »Fliehe, solange es noch Nacht ist
und die Dunkelheit es dir erlaubt. Du fliehst, ich bleibe
hier!« Kurz darauf warst du schon in der Finsternis verschwunden.*

*Dann kam der Morgen. Genau überprüfte Danaos nun die
Anzahl der Leichen und merkte sofort, dass du fehltest.
Und schon zog man mich an den Haaren fort und sperrte
mich in diese Zelle.*

*Sieh – weil du nun lebst, sehe ich einer grausamen Strafe
entgegen. Daher bitte ich dich, Lynkeus, sofern du noch
Liebe zu deiner Base in dir trägst, noch wert hältst den
Dienst, den ich dir erwiesen habe, komme mir zu Hilfe und
befreie mich! Ist dir das nicht möglich, so sorge wenigstens
dafür, dass ich nicht qualvoll sterbe. Und auf meinen
Grabstein setze dann die kurze Inschrift für mich: »Hypermestra musste erleiden den Tod, vor dem sie den Vetter be-
wahrte.« Gern schrieb ich mehr noch an dich, doch meine
Hand ist matt von der Last der Kette, und auch die Furcht
raubt mir dir letzten Kräfte.*

Deine Hypermestra

Kanache und Makareus

Frage: War in einer nicht sehr rigiden Gesellschaft wie der griechischen eigentlich auch Inzest erlaubt? Antwort: Ja, wenn er in der großen Familie der olympischen Götter praktiziert wurde. Ein strenges Nein, wenn sich Sterbliche dazu hinreißen ließen. So sah in groben Zügen die Moral der damaligen Epoche aus. Und dann gab es natürlich auch unter den Göttern jene, die wie Zeus oder Aphrodite die Sache nicht so eng sahen und praktisch mit jedem oder jeder ins Bett gingen, und andere, für die Sex etwas Schmutziges war, das man lieber lassen oder höchstens zum Zwecke der Fortpflanzung praktizieren sollte.

Aiolos zum Beispiel hatte in seinem Leben nur zwölfmal mit einer Frau geschlafen, und zwar zwölfmal mit derselben, seiner Gattin Enarete nämlich, woraus dann zwölf Kinder hervorgingen, sechs Jungen und sechs Mädchen. Danach sah Aiolos seine Pflicht als erfüllt an und zog sich mit der Familie auf eine der aiolischen Inseln im Tyrrhenischen Meer zurück (Lipara, um genau zu sein), um über die dortigen Winde zu wachen. So weit, so gut. Nun trat aber eines Tages einer seiner Söhne, Makareus, zu ihm und sprach: »O Vater, der Name, den du mir bei meiner Geburt gabst, bedeutet ›glücklich‹, aber ich muss dir gestehen, alles andere als glücklich zu sein. Wir Brüder leben abgeschnitten von der Außenwelt in einem Palast mit bronzenen Mauern: Das heißt, junge Mädchen bekommen wir überhaupt nicht zu Gesicht. Und auch unsere Schwestern müssten, wenn sie ehrlich sind, zugeben, dass sie unter dem fehlenden Kontakt zu jungen Männern leiden. Daher bitte ich dich, erlaube uns wenigstens, dass wir uns untereinander paaren.«

Aiolos, der Herr der Winde, dachte eine Weile nach und antwortete dann, weil ihm klar wurde, dass er keine andere Wahl hatte: »Einverstanden, Kinder, aber es muss klar sein, dass das einzige Ziel eurer Verbindung die Fortpflanzung ist. Und die Zusammenstellung der Paare wird nicht persönliche Neigung, sondern, unter meiner Aufsicht, das Los bestimmen.«

Nun verhielt es sich aber so, dass Makareus in seine jüngere Schwester Kanache verliebt war und dass Kanache diese Liebe auch heiß und innig erwiderte. Leider meinte es das Los nicht gut mit ihnen: Andere Geschwister wurden ihnen zugeteilt. Was taten sie also? Eben das, was alle Verliebten in solch einer Situation tun würden. Sie trafen sich heimlich und schliefen miteinander, und aus dieser Vereinigung ging ein Kind hervor.

Aiolos' Zorn kannte nun keine Grenzen mehr. Unverzüglich gab er Befehl, das Kind den Wölfen zum Fraß vorzuwerfen, und ließ dann Kanache durch einen Diener ein scharfes Schwert bringen, mit der Auflage, den »richtigen Gebrauch« davon zu machen. Das ließ sich die Ärmste nicht zweimal sagen und tötete sich. Makareus rannte herbei, um sie von dem verhängnisvollen Schritt abzuhalten, doch er fand sie schon sterbend am Boden liegend. So blieb ihm nichts anderes mehr zu tun, als das Schwert aus ihrer Brust zu ziehen und es in seine eigene Brust zu stoßen. Die traurige Geschichte wurde von Euripides später in einer

Tragödie mit dem Titel *Aiolos* erzählt, von der aber leider nur einige Fragmente erhalten sind.

Was an dieser Geschichte am meisten berührt, ist das Erstaunen Kanaches, als sie entdeckt, dass sie verliebt ist. Sie weiß noch gar nicht, dass es auf der Welt so etwas wie Liebe gibt und in der Vereinigung mit einem Mann ein Kind gezeugt werden kann. Sie wundert sich mithin über alles, und verständlicherweise kann sie dem Vater die Grausamkeit gegenüber dem neu geborenen Enkelkind nicht verzeihen.

Kanache schrieb den folgenden Brief kurz vor dem Selbstmord.

Von Kanache an Makareus

Aiolos Tochter sendet diesen Brief an Aiolos Sohn. Sie schreibt mit bewaffneter Hand. Kannst du also ein Wort nur mit Mühe entziffern, ist mit der Schreiberin Blut dieser Brief schon befleckt. Denn mit der Rechten halt ich den Stift und das Schwert mit der Linken, ausgebreitet im Schoß liegt das beschriebene Blatt.

Töten werde ich mich, kann ich doch nur so den Vater – hart, wie er ist – erfreuen. Ach, wäre er doch nur persönlich bei meinem Tod zugegen, dass ich vollenden könnte das Werk vor dem, der es befahl! Doch grausamer ist er als seine Winde, und so sähe er wohl ohne Tränen dann meine Wunden sich an. Ja, hart hat es ihn gemacht, mit den Winden immer zu leben, denn ganz passt dem Geist er sich an, der seine Diener beseelt.

Ach, warum hast du, mein Bruder, mich mehr geliebt als ein Bruder? Ach, warum war ich das, was mir als Schwester verwehrt? Entbrannt war ich für dich und spürte im lo-

dernden Herzen eines Gottes Gewalt, von dem ich bisher nur gehört. Von Tag zu Tag bleicher wurde mein Gesicht, meine Glieder wurden mager, wenig aß ich nur, und unruhig wurde mein Schlaf, jede Nacht schien wie ein Jahr mir; seufzen musste ich stets, ohne dass ich an etwas litt. Doch warum dies alles mit mir geschah, konnte ich mir nicht erklären: Ich war verliebt und kannte die Liebe doch nicht.

Klug erkannte zuerst meine Amme den Grund meines Leidens. »Aiolos Tochter«, sprach sie zu mir, »du liebst!« Da wurde rot mein Gesicht, und vor Scham senkte ich die Augen. Dass ich verstummte – Beweis war es, Bekenntnis genug. Bald nahm rasch schon zu mein Leib, dem du beigewohnt. Kein Kraut, keine Arznei, die die Amme mir nicht brachte, um meinen Leib vielleicht doch noch von der stets wachsenden Last zu befreien. Doch das lebende Kind widerstand nur zu sehr diesen Künsten, war, verschlossen in mir, sicher vor jeglichem Feind. Neunmal hatte Selene nun schon heraufgeführt am nächtlichen Himmel ihr helles Gespann, da verspürte ich plötzlich den Schmerz, dessen Grund ich nicht kannte, unbekannt war mir und neu bisher ja noch die Geburt. Schreien musste ich laut, doch die Amme, die kundige, hielt mir den Mund zu, dass ich mich nicht Aiolos verrate. Groß war mein Schmerz, und nahe war ich dem Tod, doch da kamst du mit wirrem Haar und zerrissenem Gewande, warfst dich wärmend auf mich, schmiegtest dich eng an mein Herz. »Lebe, Schwester«, so riefst du, »bleibe leben mir, liebste der Schwestern. Reiße mit dir nicht zugleich zwei ins Verderben hinab!« Und so ward geboren die Frucht unserer Schuld.

Doch unser Glück währte nur einen Morgen. Die Amme verbarg den Säugling in einem Weizenfeld, doch sein Wimmern wurde gehört. Durch seinen eigenen Laut hat sich verraten das Kind. Rasch brachte man meinem Vater die

Kunde, und von seinem Wüten erscholl ringsum der Königspalast. Befehl gab er, unseren Sohn den Wölfen zum Fraß vorzuwerfen. Nichts half es, dass ich flehend seine Knie umklammerte, erweichen ließ er sich nicht. Fort war der Vater, und jetzt fing ich an, mir die Brüste zu schlagen, raufte in wildem Schmerz rasend die Haare mir. Unterdessen kam mit traurigem Blick ein Diener meines Vaters und sprach zu mir: »Aiolos schickt dir dieses Schwert« – dabei reichte er es mir – »und befiehlt dir, deiner Tat zu gedenken, damit du erkennest, was es dir verkünden will.«

Ja, ich weiß, was es mir verkündet, und will ohne Furcht auch dies Hochzeitsgeschenk meines Vaters gebrauchen. Doch frage ich mich: Was hat der Knabe getan, der eben die Welt erst erblickte? Womit hat er den Ahn beleidigt, da er kaum geboren war? Ach, nur für mein Vergehen hat man den Armen bestraft: Schmerzenssohn deiner Mutter, du Beute der reißenden Tiere, Sohn du, unglückliches Pfand einer fluchbeladenen Liebe.

So will verwundet auch ich dem Schatten des Kindes jetzt folgen: Mutter war ich so kurz, kurz will ich kinderlos sein! Du aber, Bruder, sammle des Sohnes Gebein, rings verstreut von den wilden Tieren, und bring es zurück zur Mutter – darum bitt ich dich – und begrab uns gemeinsam. Eine Urne, sei sie noch so klein, berge uns zwei!

Deine Schwester und Geliebte Kanache

Kydippe und Akontios

Will man diese Geschichte richtig verstehen, muss man wissen, dass Artemis, oder Diana bei den Römern, die Jähzornigste aller Göttinnen des Olymps war. Außerdem war sie auch noch Jungfrau, sie hatte sich, angesichts ihres schwierigen Charakters sogar noch nie in irgendjemanden verliebt. Das Einzige, woran sie Spaß hatte, war, ohne Unterlass die Wälder zu durchstreifen und dabei so viel Wild, wie nur irgend möglich, zu erlegen. Ihre Überempfindlichkeit war sprichwörtlich: Machte ihr eine Frau (oder ein Mann) ein Versprechen, das dann nicht gehalten wurde, gab es mächtig Ärger. Kydippe konnte ein Lied davon singen.

Akontios war ein junger Mann aus Keos, der ein wunderschönes Mädchen, Kydippe nämlich, liebte. Bei einem Fest zu Ehren der Göttin Artemis hatte er sie entdeckt und sich sogleich verguckt, die klassische Liebe auf den ersten Blick also. Er versuchte, sie anzusprechen, sie aber würdigte ihn keines Blickes. Daher musste der verliebte Jüngling auf einen kleinen Trick zurückgreifen, der des listenreichen Odysseus würdig gewesen wäre: Und zwar kullerte er der Amme des Mädchens einen Apfel vor die Füße, in den er mit einem Messer die Worte »Bei Artemis, ich ge-

lobe, dass ich keinen anderen heirate als Akontios« eingeritzt hatte.

Da die Amme nicht lesen konnte, reichte sie den Apfel
ihrer Herrin, und diese las nun, ohne lange zu überlegen,
mit lauter Stimme den schicksalhaften Satz vor. O Gott,
was hatte sie da getan! Aber nun war nichts zu machen.
Ob sie wollte oder nicht, sie war gezwungen, dem Schwur
Folge zu leisten, nicht zuletzt, weil sie ihn vor einem Altar
der Göttin gesprochen hatte.

Kydippes Vater war da ganz anderer Meinung. Er hatte
das Mädchen nämlich schon in Athen einem anderen jungen Mann versprochen. Als sie aber nun das Haus verlassen wollte, um diesen jungen Mann zu heiraten, bekam sie
plötzlich Schüttelfrost und hohes Fieber. Das Fest wurde
verschoben, was aber nichts an dem Problem änderte,
denn so oft sich Kydippe zur Trauung im Tempel aufma-
chen wollte, erlitt sie einen Rückfall. Schließlich befragte
man das Orakel von Delphi zu der Angelegenheit, und das
verkündete klipp und klar: Kydippe würde nicht eher Frie-
den finden, bis sie diesen verfluchten Schwur eingelöst
hätte. Daher gab der Vater nach drei gescheiterten Anläu-
fen sein Vorhaben auf und gab Kydippe Akontios zur Frau.

Zu der Geschichte liegen uns zwei Briefe vor. Einer von
Akontios, der andere von Kydippe, alle beide in der Zeit
des Werbens geschrieben. Akontios mischt in dem seinen
Liebesbekenntnisse mit kaum verhüllten Drohungen.
»Meine liebe Kydippe«, schreibt er ihr, »mit Artemis ist
nicht zu spaßen, aber wenn du es dir unbedingt mit ihr verderben willst, musst du die Sache selbst ausbaden!« Kydippe hingegen kann sich nicht so recht entscheiden, ob sie
die beleidigte Jungfrau spielen oder sich in der Rolle der
von zwei Männern Umworbenen gefallen soll. Am Ende
entscheidet sie sich für Akontios.

Von Akontios an Kydippe

Lies, Kydippe, jetzt hier des Akontios Namen noch einmal: Jener war es, der dich einst mit dem Apfel betrog. Aber fürchte dich nicht vor diesem Brief, auch mit lauter Stimme kannst du ihn lesen, denn keine List habe ich hier verborgen, reicht es mir doch, dass du einmal dich mir versprochen hast. Lies diesen Brief, und dann wird auch die Schwäche deinen Körper verlassen, schmerzt es mich doch, wenn ein Leid dich quält.

Warum errötest du? Denn ich glaube, dass rot deine Wangen wie einst im Heiligtum der Artemis jetzt sind. Keine schändliche Tat begehr ich ja von dir, sondern nur die Erfüllung des Schwurs und die Ehe mit einem Mann, der dich wahrhaft liebt. Am Tag, als ich listig in deine Hand den Apfel zu werfen verstand, liebte ich dich nur heimlich. Heute hingegen liebe ich dich wie dein rechter Gemahl, und dies ist die einzige Schuld, die ich einzugestehen bereit bin. Dir steht ja frei zu sagen, dass es Betrug war, eine Täuschung, die dich zu dem Schwur bewog, aber vergiss nicht, dass die Glut der Liebe mir diese List eingab. Schade ich durch meine Glut, so bekenne ich, dass ewig ich schade, stets will ich streben nach dir, nimmst du dich noch so in Acht!

Andere griffen zum Schwert, um sich so die Geliebte zu rauben. Telamon raubte sich Hessione, Achilles Briseïs: Beide folgten dem Mann, den sie als Sieger erkannt. Ich aber griff zum Wort, das dann aber nicht ich, sondern du selbst aussprachst. Da deine Schönheit es ist, die mich treibt, so ist es kein Wunder, wenn ich ein bestimmtes Wort aus deinem Munde begehre. Wärest du weniger schön, dann wäre auch mein Werben besonnener. Doch so herrlich du bist, zwingst du mich, maßlos zu sein! Du bist schuld und deine Augen, die das Feuer der Sterne noch

179

übertreffen; sie sind schuld an der sengenden Glut; schuld sind dein blondes Haar, dein weißer Hals und die Arme, die ich um den Nacken mir zärtlich umschlungen ersehn, schuld dein Reiz, wenn du keusch und doch so natürlich einhergehst und ein Paar Füßchen dann zeigst, wie sie wohl Thetis kaum hat! Könnte ich das Übrige auch so loben – ich wäre zu glücklich: Doch ich zweifle nicht, dass an dir alles sich gleicht!

Klage mich an, wie du willst, und zürne mir heftig, wenn es denn sein muss, aber verwehre mir nicht den Anblick deiner Schönheit. Rufe mich zu dir, damit ich wie ein Sklave, der furchtbare Schläge fürchtet, demütig deine Knie umklammere. Rufe mich als Herrin zu dir! Magst du auch herrisch mir dann mit der Hand die Haare zerraufen, schlagen die Wangen mir blau mit deiner strafenden Hand: Dies will ich alles erdulden. Nur von einem bange ich: Dass du dir dabei an meinem Leib verwundest die Hand! Aber lege mich dann nicht in Ketten. Es ist nicht nötig, fesselt mich doch schon meine Liebe an dich. Und hat sich dein Zorn dann gelegt, wirst du selbst zu mir sagen: »Wer so vortrefflich gehorcht, der soll mein Sklave jetzt sein!«

So aber klagst du mich in meiner Abwesenheit an, und meinen Prozess verliere ich, weil ich mich nicht verteidigen kann: Mein Verbrechen war nur zu schreiben, was die Liebe mir eingab. Aber du, Kydippe, halte dein Wort vor der Göttin, wenn du es mir nicht erfüllen willst. Sie war dabei, als du den Apfel nahmst, und hat sich ins Gedächtnis fest deine Worte eingeprägt. Und so bist du, Kydippe, gezwungen, was du versprachst, einzuhalten. Denn fühlt sich Artemis, was ich nicht will, in ihrer Gottheit verletzt, wird sie zum grausamsten Wesen. Zeuge wird sein dir der Grimm des kalydonischen Ebers oder Aktaions, den die

Hunde zerrissen, weil er die Göttin einst nackt beim Bade
gesehen. Daher flehe ich dich an: Lass doch das Fieber
nicht länger deine zarten Glieder zerstören. Denn schuld
an deiner Krankheit ist nur, dass du das gegebene Wort
noch nicht eingelöst hast.

Ich weiß, dass ein anderer ständig bei dir ist. Dieser strei-
chelt die Hand dir zärtlich und sitzt bei der Kranken. Er ist
den Göttern verhasst und mit den Göttern auch mir. Wäh-
rend den klopfenden Puls mit seinen Fingern er fühlt, hält
er den weißen Arm bei der Gelegenheit oft, tastet die Brust
dir ab und wagt es vielleicht, sie zu küssen. Diesem Mann
sage ich: »Wer hat dir erlaubt, die Saat jetzt noch vor mir
zu ernten? Nein, diese Brust ist mein, meine Küsse raubst
du mir schändlich. Weg mit der Hand von dem Leib, der
schon versprochen mir ist. Denn denke daran: Mir ver-
sprach ihn eine Göttin, dir nur ein Sterblicher.«

Akontios, Jüngling aus Keos

Von Kydippe an Akontios

Als ich deinen Brief erhielt, o Akontios, las ich ihn still für
mich, weil ich an einen erneuten Betrug glaubte und fürch-
tete, unwissend wieder bei einem Gott zu schwören. Zu-
nächst wollte ich den Brief überhaupt nicht annehmen.
Doch hätte ich mich deinen Worten verschlossen, wäre der
Zorn der Göttin vielleicht noch grimmiger als jetzt. Dabei
frage ich mich doch, warum sie dich offensichtlich mehr
beschützt als mich, die ich noch Jungfrau bin wie sie selbst.
Mattigkeit hält – ich weiß nicht, wovon – mich jetzt dau-
ernd befallen, keines Arztes Geschick bringt der Erschöpf-
ten Erfolg. Kraftlos bin ich, dass ich kaum dir schreiben

kann. Meine Amme hält jetzt Wacht vor meiner Tür, und fragt einer, was drinnen ich treibe, sagt sie: »Sie schläft.« Aber auf lange Sicht kann der Schlaf nicht mehr glaubhaft erscheinen, der mir den besten Grund gab, dass zurück ich mich zog. Und ständig frage ich mich: Ist das mein Lohn, weil du meine prangende Schönheit einst lobtest? Nur Leid bringt es mir, dass ich dir gefiel. Ach wäre ich dir damals doch hässlich erschienen, so bräuchte ich jetzt schuldübersät, nicht nach Hilfe zu suchen. Manchmal ergreift mich Furcht, dass ich die Götter unwissentlich beleidigt und ihren Zorn verdient habe. Dass dies alles nur Zufall sei, versichert mir der eine, der andere meint, es sei ja nicht wahr, dass die Götter nur dir und nicht mir hold seien. Sicher ist nur, dass ich jetzt krank bin. Aber warum? Das weiß niemand. So sage mir Akontios: Glaubst du wirklich, unschuldig zu sein? Was wirst aus Hass du erst tun, wenn schon deine Liebe so straft? Schadest du mit Absicht dem, den du liebst, und liebst du deinen Feind, so bitte ich dich: Beginne, mich zu hassen, damit es mir besser geht.

Ach, ich wünschte, ich hätte dich niemals kennen gelernt. Wäre ich Unglückliche doch damals nicht nach Delos gekommen. Aber trotzdem frage ich mich: Was für ein Nutzen verschafft dir der Eid, den ich damals geschworen? Nicht binden kann der Schwur, den man zuvor nicht geprüft. Trug ich Verlangen in mir, den Schwur zur Ehe dir zu geben, dann verlange den Eid, wie er zur Ehe gehört: Ich aber sprach die Worte nur aus, ohne dass ich mit dem Herzen dabei war. Ich las nur die Worte des Eides, habe sie aber nicht geschworen. Warum hast du mich lieber gezwungen, als auf rechtschaffende Art, nicht durch List, deinen Wunsch zu erreichen?

Aber es ist wahr, ich fürchte Dianas Zorn. Dreimal versuchte ich, den Hochzeitsaltar zu erreichen, und dreimal

waren meine Glieder zu schwach. Aber glaube nun nicht,
dass der Mann, dem ich zur Gattin bestimmt bin, auf mei-
nen kranken Leib zärtlich die Hände legen darf! Sitzt er zur
Seite mir auch, soweit ich Erlaubnis ihm gebe, denkt er im-
mer daran, dass hier ein Mädchen noch liegt.
Lange habe ich mich gefragt, warum du Akontios heißt:
Jetzt weiß ich es: Weil du einen Speer besitzt, der aus der
Ferne noch trifft!* Denn wie von der Ferne ein Speer traf
mich der Brief, den du schriebst. Aber ich frage dich: Was
willst du noch von mir, hat mich die Krankheit doch häss-
lich gemacht. Dennoch wünschte ich, du könntest mich se-
hen. Ist auch dein Herz härter als Eisen, so flehtest du doch
bei meinem Anblick zur Göttin, ihrem Zorn zu entsagen.
Aber da du die Götter beherrschst, folge ich selbst jetzt dem
Willen der Götter und gebe freiwillig besiegt für deinen
Wunsch dir die Hand. Leben werde ich mit dir meine ver-
lorene Jugend.

Kydippe, Tochter des Keyx

---

* Akontios abgeleitet von *akontion*: Wurfspeer.

Schlussbemerkung

Das Buch ist fertig, und ich habe es noch einmal durchgelesen. Zugegebenermaßen hatte ich schon ein wenig Angst, noch Spuren von männlichem Chauvinismus darin entdecken zu müssen. Da mag man sich noch so fest vornehmen, objektiv zu sein, alle spöttischen Seitenhiebe zu lassen und bei bestimmten Themen keine Späße zu machen: Die Folgen jahrhundertelanger geschlechtlicher Ungleichbehandlung machen sich doch immer wieder bemerkbar. Nehmen wir ruhig noch eine Spur Opferhaltung von Seiten der Leserinnen hinzu, und gleich ist man auf immer und ewig als »Macho« abgestempelt. Andererseits kann ich auch nicht leugnen, ein Mann zu sein, körperlich und geistig, und das bestimmt mein Handeln.

Es lässt sich ja nicht bezweifeln, dass Frauen tatsächlich anders sind. Was das äußere Erscheinungsbild angeht, braucht man sie nur im Profil anzusehen, um sich darüber klar zu werden. Dass sie es auch innerlich sind, ist schon ein wenig schwerer zu beweisen. Ein jeder von uns hat im Verlaufe seines Lebens eine ganze Reihe von Frauen kennen gelernt: die Mutter, Schwestern, Cousinen, die erste Liebe, die zweite Liebe und so weiter. Keine war wie die andere, und doch hatten sie alle etwas gemeinsam. Und ebendieses Gemeinsame war es, was mich interessierte.

Ich habe versucht, es ein wenig in den Vordergrund zu rücken. Hoffentlich ist es mir gelungen.

Natürlich kann man Ovids Heldinnen nicht mit unseren heutigen Lebensgefährtinnen vergleichen. Waren Erstere gesellschaftlich noch vollkommen isoliert, so sind viele Frauen heute, für meinen Geschmack jedenfalls, zu stark politisiert. Damit meine ich selbstverständlich jene Frauen, die noch von der achtundsechziger Bewegung geprägt sind. Aber mit denen müssen wir Männer uns auseinander setzen. Wenn wir Glück haben, auch mit deren Töchtern.

Um nun allen Geschlechterkämpfen aus dem Weg zu gehen, könnte es sehr hilfreich sein, auf Ausweispapieren einfach die Geschlechtsangabe zu tilgen. Ob man als Mann oder als Frau zur Welt gekommen ist, wäre dann Teil der Privatsphäre, und auch die Wahl der Vornamen könnte man liberaler gestalten: Ein Junge könnte dann ohne weiteres Laura heißen und ein Mädchen Giuseppe. Was interessiert ist lediglich noch, ob sie gute oder schlechte Menschen sind. Der Tag wird kommen, da wir uns durch Klonen allein fortpflanzen können, ohne dabei auf einen Partner angewiesen zu sein. Damit wird das Leben gleich viel einfacher werden: Sicher, mit dem halben Stündchen Lust ist es dann vorbei, aber dafür verschwinden aus unserem Leben auch viele Unannehmlichkeiten, die mit der Sexualität verbunden sind: zum Beispiel Eifersucht, Familienstreitigkeiten, eheliche Zwänge oder die Verpflichtung, die Verlobte nach Hause zu bringen. Bis es so weit ist, hoffe ich, dass vielleicht eine gute Autorin mein Buch liest und ein Antwortbuch aus weiblicher Sicht schreibt.

Literaturverzeichnis

Bei den meisten im Text abgedruckten Zitaten handelt es sich um keine wörtlichen; vielmehr wurden sie vom Autor in seinem Sinne bearbeitet. Die folgende Literaturliste möge den Leser jedoch anregen, sich mit den klassischen Autoren, auf die sich der Verfasser bezieht, näher zu beschäftigen.

Apollodor: *Mythologische Bibliothek*. In der Übersetzung von Christian Gottlob Moser. Stuttgart 1828

Appollonios Rhodios: *Die Argonauten*. In der Übersetzung von Thassilo von Schefer. Leipzig 1948

Aragon, Louis: *Pariser Landleben. Le payson de Paris*. In der Übersetzung von Rudolf Wittkopf. München 1969

Dante Alighieri: *Die Göttliche Komödie*. In der Übersetzung von Karl Vossler. München 1971

Diodoros Siculus: *Historische Bibliothek*. In der Übersetzung von Friedrich Wurm. Stuttgart 1829

Euripides: *Iphigenie in Aulis*. In der Übersetzung von J. J. Donner. In: ders.: Sämtliche Tragödien. Stuttgart 1958

Homer: *Ilias*. In der Übersetzung von Johann Heinrich Voss. München 1989

Ovid: *Heroides*. Briefe der Sagenfrauen. In der Übersetzung von Wolfgang Gerlach. München 1952

Ovid: *Tristia*. In der Übersetzung von Georg Luck. Heidelberg 1967

Plutarch: *Lebensbeschreibungen*. In der Übersetzung von Johann Friedrich Kaltwasser. München 1964.

Sappho: *Werke*. In der Übersetzung von Max Treu. München 1954

Vergil: *Aeneis*. In der Übersetzung von Thassilo von Scheffer. München 1979

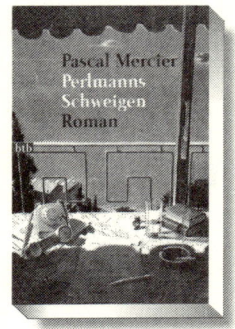

Pascal Mercier
Perlmanns Schweigen
Roman
640 Seiten
btb 72135

Aus Freude am Lesen

Pascal Mercier

Perlmann, dem Meister des wissenschaftlichen Diskurses, hat es die Sprache verschlagen. Und während draußen der Kongress der Sprachwissenschaftler wogt, verzweifelt Perlmann in der Isolation des Hotelzimmers. In ihm reift ein perfider Mordplan... »Ein philosophisch-analytischer Kriminal- und Abenteuerroman in bester Tradition.«
Frankfurter Allgemeine Zeitung

Arturo Pérez-Reverte
Der Club Dumas
Roman
470 Seiten
btb 72193

Aus Freude am Lesen

Arturo Pérez-Reverte

Lucas Corso ist Bücherjäger im Auftrag von Antiquaren, Buchhändlern und Sammlern. Anscheinend eine harmlose Tätigkeit, bis Corso feststellt, daß bibliophile Leidenschaften oft dunkle Geheimnisse und tödliche Neigungen nach sich ziehen. Für literarische Leckerbissen, die wie Thriller fesseln, gibt es in Spanien seit Jahren nur noch einen Namen –
Arturo Pérez-Reverte.